Casa de muñecas & Solness, el constructor

Henrik Ibsen

colecciónletrasnórdicas

Casa de muñecas & Solness, el constructor

Henrik Ibsen

Prólogo de
Ignacio García May

Nørdicalibros
2010

Traducción de
Cristina Gómez Baggethun

Título original: Et dukkehjem & Bygmester Solness

© De la traducción: Cristina Gómez Baggethun
© Del prólogo: Ignacio García May
© De esta edición: Nórdica Libros, S.L.
Fuerte de Navidad 11, 1º B - CP: 28044 Madrid
Tlf: (+34) 91 509 25 35 - info@nordicalibros.com
www.nordicalibros.com
Primera edición en Nórdica Libros: octubre de 2010
ISBN: 978-84-92683-29-1
Depósito Legal: S. 1.303-2010
Impreso en España / Printed in Spain
Imprenta Kadmos (Salamanca)

Diseño de colección: Filo Estudio
Maquetación: Diego Moreno
Corrección ortotipográfica: Ana Patrón y
Susana Rodríguez

Cualquier forma de reproducción, distribución, comunicación pública o transformación de esta obra solo puede ser realizada con la autorización de sus titulares, salvo excepción prevista por la ley. Diríjase a CEDRO (Centro Español de Derechos Reprográficos, www.cedro.org) si necesita fotocopiar o escanear algún fragmento de esta obra.

Prólogo

LAS COSAS QUE VUELVEN

«La tragedia de aquellos libros que portan un mensaje particular para su época», escribe Michael Meyer en su canónica biografía de Ibsen, «es que la posteridad tiende a recordarlos por razones equivocadas. (…) Los críticos aún escriben sobre *Casa de muñecas* como si fuera una obra sobre la vetusta cuestión de los derechos de la mujer. (…) Pero *Casa de muñecas* no trata sobre los derechos de la mujer más de lo que *Ricardo II* trata sobre el derecho divino de los reyes, *Espectros* sobre la sífilis, o *Un enemigo del pueblo* sobre la higiene pública».[1] No solo son los críticos, cabría decir, sino también y sobre todo los directores de escena, quienes en virtud de la autoridad que actualmente ostentan dentro de la industria teatral contribuyen más que nadie a perpetuar el tópico. Porque *Casa de muñecas* es una de las obras más famosas de la historia del teatro pero también de las más asediadas por los lugares comunes y la incomprensión.

En 1878, Henrik Ibsen acababa de regresar a Roma tras un largo periodo en Alemania. Propenso a buscar entre sus conocidos los modelos para los personajes de sus obras, llevaba un tiempo dándole vueltas a la historia de su amiga Laura Petersen Kieler. El marido de ella había enfermado y Laura, a sus espaldas, había pedido dinero prestado para

---

[1] *Ibsen*, Sutton Publishing, Stroud, Gloucestershire, 2004. Pp. 329.

pagar su curación. Incapaz de hacer frente a la deuda, acabó falsificando un cheque, falsificación que fue descubierta enseguida con el consiguiente escándalo. El señor Kieler, obviando que las acciones de Laura habían estado en todo momento promovidas por su amor hacia él, la despreció públicamente tratándola de criminal e internándola, incluso, en un manicomio, cuando la situación provocó en ella un ataque de nervios.

A partir de estos materiales, el 19 de octubre Ibsen anota en su cuaderno de trabajo una idea para una nueva obra. El borrador habla sobre una mujer, casada y madre, que ha cometido una falsificación por amor a su marido y para salvarle la vida: «Hay dos clases de ley moral», reza la anotación, «dos clases de conciencia, una para los hombres y otra, muy diferente, para las mujeres. No se entienden entre sí; pero, en la práctica, a la mujer se la juzga por la ley masculina como si no fuera una mujer, sino un hombre».

Hay varios niveles de significado en esta primitiva cita. En una primera lectura parece justificarse la posterior lectura feminista: la mujer como figura excluida de un orden masculino en el que se la tolera pero no se le concede autoridad alguna. Pero una lectura más atenta nos revela que Ibsen no juzga la diferencia, sino que la constata: el problema no está en que hombres y mujeres sean diferentes, lo cual ni siquiera es malo *per se*, sino en que se juzgue a las mujeres con la ley de los hombres. El propio término «ley» adquiere sentidos diversos. Está, por un lado, la interpretación literal —ya que hay en la obra un delito específico, la falsificación—, y por otro la ley como tradición: aquello que, más allá de lo jurídico, puede o no hacerse según la moralidad vigente, que en este caso es la de la burguesía decimonónica masculina. Pero también puede entenderse la ley como lealtad o fidelidad[2] y sabemos que en esta obra hay, no uno, sino múltiples conflictos de esa naturaleza entre todos los personajes. Finalmente, la Ley es también, en su interpretación más metafórica, la verdad, aquello que permanece estable mientras el mundo da vueltas alrededor. Algo que puede ocultarse pero de lo que no se puede escapar porque siempre está ahí: en *Casa de muñecas* abundan las dolorosas alusiones a «la verdad».

Este desmenuzamiento de las palabras no es tarea ociosa ni responde a un deseo enfermizo de hiperanalizar los textos, sino que resulta imprescindible a la hora de leer a Ibsen. Porque el autor noruego, que es, en verdad, uno de los más grandes dramaturgos de la historia, sabe muy bien que la palabra teatral se diferencia de la estrictamente literaria en su naturaleza ambigua y peligrosa, en su capacidad para cambiar completamente de significado sobre la marcha a partir de un leve cambio de tono o de su asociación con un gesto inesperado. «Tan explosivo era el mensaje de *Casa de muñecas*», recuerda Meyer acertadamente, «(…) que a menudo se olvida la originalidad técnica de la obra».[3] Precisamente será Ibsen, seguido poco después por Strindberg y Chéjov, quien ponga patas arriba la forma entonces convencional de escribir teatro, dejando a un lado la retórica declamatoria decimonónica para introducir en los personajes eso que, a partir de Stanislavski, se popularizaría en el lenguaje teatral como «el subtexto», es decir, aquello que no se dice pero late bajo las palabras, sujetándolas o contradiciéndolas, pero en cualquier caso dotándolas de una riqueza de significados previamente desconocida. Las confusiones en torno al autor noruego provienen de haber olvidado esta lección,

---

[2] *Tener ley* a algo o a alguien, se dice.
[3] Op. cit, pp. 328.

reduciendo su valor a la polémica singularidad de sus argumentos y pasando por alto, en cambio, esta formidable multiplicidad de significados que conforma cada una de sus obras. Ibsen se adelanta, con sus textos, a aquella famosa definición de Hemingway sobre la literatura como iceberg del cual solo vemos la parte emergente. Desde fuera, las obras del noruego parecen edificios comunes; pero una vez dentro descubrimos inesperados pasillos y deformadas escaleras, y, sobre todo, sótanos inmensos, profundísimos, que nada en el exterior permitía adivinar.

Así, la casa de Nora y Torvald se nos muestra, a primera vista, como un hogar feliz cuyos habitantes se disponen a celebrar la más convencional de las fiestas, la Navidad. Pero apenas han pasado unos minutos cuando nos enteramos de que el idílico y hasta un poco ridículo marco familiar está edificado sobre la mentira y el ocultamiento, sobre la aceptación de unos códigos de comportamiento tan coloridos y postizos como los disfraces que más tarde se utilizarán durante el baile navideño. Estamos ante el arquetipo del argumento ibseniano: una fuerza del pasado que regresa de pronto para saldar, y no solo literalmente, viejas deudas. Y por eso el resto de la obra no será sino el implacable proceso de demolición de ese mundo fraudulento.

Si bien Ibsen detestaba a Maeterlinck, porque consideraba el hermetismo del lenguaje simbolista algo impostado y ridículo («¿Qué significa todo eso? ¡No entiendo nada este tipo de cosas!», se queja el noruego cuando le explican el montaje de *Peleas y Melisande)*, lo cierto es que ambos autores tienen en común mucho más de lo que parece. Maeterlinck, más lúcido y también más generoso que su maestro, devolvió elogio por desprecio. Acaso fuera él quien mejor entendió el nivel profundo de la dramaturgia ibseniana: define sus dramas como «extraños» y «de sonámbulos». Y si bien esta clave alucinatoria será ya indiscutible en obras posteriores (*Espectros*, por ejemplo, *Solness, el constructor* o *Cuando resucitemos*) nos sirve también de ayuda para barrer los tópicos amontonados por el más polvoriento naturalismo en torno a los protagonistas de *Casa de muñecas*. Hablando del doctor Rank, Torvald dice de él que es «el reverso sombrío de nuestra propia felicidad». Y lo cierto es que los personajes de la obra son mucho más complejos, mucho más *raros*, si se me permite utilizar este término, de lo que pretende su tradicional y maniqueo etiquetado académico.

Cristina Linde, por ejemplo, se pega a las faldas de Nora con una inquietante mezcla de devoción y envidia. Reaparece en su vida (¿casualmente?) el mismo día en que Krogstad viene a cobrar la deuda, trayendo consigo recuerdos del pasado que no son precisamente cómodos para Nora: es gracias a Cristina que sabemos del proverbial carácter manirroto de la protagonista, así como de su egoísmo. Nora ni siquiera se preocupó por su amiga cuando esta se quedó viuda. Cuando al final de la obra es Cristina quien provoca que el secreto quede al descubierto, no puede uno sino preguntarse si se ha tratado de un acto de justicia o de una sutil venganza por parte de la amiga despreciada.

El *reverso sombrío* está por todos los rincones del texto: al doctor Rank le presentan a Cristina y él dice «Ah, sí, se escucha mucho su nombre en esta casa»… ¡Pese a que hace años que Nora perdió el contacto con ella y ni siquiera la ha reconocido cuando la ha visto entrar por la puerta! Rank, por su parte, fantasea abiertamente con su propia muerte de forma morbosa y desquiciante. Está enfermo de una sífilis hereditaria (la misma enfermedad de Oswald en *Espectros*) a la que solo se alude con ambigüedad y con un sentido del humor retorcido. De Krogstad se cuentan todo tipo de maldades y defectos («¡Incluso se permite tutearme!», protesta

Torvald), como si fuera el clásico villano de melodrama, pero resulta ser el más franco de los personajes, un hombre desesperado y sin suerte en busca de una solución. Torvald, extraordinario personaje reducido a la insignificancia por décadas de incomprensión y de tópicos, es un bancario pedante y blando, pero también un niño grande que se entusiasma con los juguetes de sus hijos y que se permite disertar sobre el punto de cruz…

La propia Nora difiere mucho de la idea que se ha transmitido de ella a través del habitual análisis feminista de la obra: en las primeras páginas se nos muestra, lo hemos apuntado ya, como una mujer caprichosa, derrochadora, dispuesta a lo que sea para conservar esa *casa de muñecas* en la que habita y que no solo no desprecia, sino que constituye su ideal de vida. Cercana, en cierto modo, a esas *famosas* del *mundo del corazón* que hoy se refieren a sí mismas como *Barbies* aceptando el término no como crítica, ¡sino como elogio!, si finalmente cambia es porque la mentira es demasiado grande y la casa acaba derrumbándosele encima.

Acaso la mejor metáfora de todo este oscuro y fascinante mundo subterráneo que repta bajo la apariencia de simple drama burgués de la obra esté en la elección que Ibsen hace de la tarantela para explicar la crisis de Nora: este baile italiano está relacionado con la creencia de que el veneno inyectado por la mordedura de una tarántula solo puede expulsarse mediante el sometimiento del cuerpo a un extremo agotamiento físico. El veneno de la mentira, esa araña negra y asquerosa, está devorando la vida de Nora; y para salvarla no tendrá otro remedio que, paradójicamente, destruirla ella misma.

Y es en esta destrucción de la propia vida donde late el verdadero secreto de la obra. Porque *Casa de muñecas* encierra un tema de inaudita modernidad que las interpretaciones convencionales tienden a sepultar, pese a que la importancia de la idea esté explícita en el propio título de la obra: no es que Nora sea una muñeca en manos de Torvald, es que *ambos* viven en la habitación de los juguetes, como niños que se resisten a crecer. Cuando se estudian los ritos de paso de las diversas culturas descubre uno que todos ellos llevan aparejado un signo, sea el que sea, que señala *la imposibilidad de la vuelta atrás*. No se puede detener el tiempo; no puede uno quedarse atrás, por más que lo intente. Con frecuencia, el signo aludido va hermanado con el dolor, sea este físico o psicológico. El que acompaña, por ejemplo, a un tatuaje, una circuncisión, un funeral. Es la capacidad de entender y asumir el dolor como parte de la existencia lo que va introduciendo al niño en el mundo adulto. Los cuentos que se nos narran en la infancia acaban invariablemente con un final feliz. Solo cuando vamos creciendo descubrimos que no siempre acaban bien las cosas; que a veces el héroe de la película muere. En su sobreprotección de Torvald, Nora ha contribuido a la infantilización de un carácter que ya era pueril de por sí. En su intento de evitar la confrontación, de *esconder* el problema, ha pretendido seguir siendo, también ella misma, una niña, la hija de papá, olvidando la lección que todos los padres del mundo dan a sus hijos: lo que no se aprende por las buenas acaba aprendiéndose por las malas. La auténtica genialidad de Ibsen consiste en haberse dado cuenta en época tan temprana de la catastrófica infantilización a la que inevitablemente conduce nuestra forma de vida, infantilización que es hoy todavía más visible que cuando se estrenó la obra hace más de cien años.

Solness, el constructor, escrita en 1892, ahonda aún más en esa atormentada exploración del alma que define la dramaturgia ibseniana. Adelantemos que su estreno fue un fracaso absoluto, la prueba, para los críticos, de que el viejo maestro estaba perdiendo, con la vejez, su toque de oro. Y sin embargo se trata de una obra maestra absoluta, un texto titánico, y seguramente uno de los más personales jamás escritos por Ibsen.

Hemos aludido ya a la rapaz costumbre ibseniana de basar los protagonistas de sus obras en personas reales cercanas al autor. Aquí, el noruego se toma por fin como modelo a sí mismo en un ejercicio autobiográfico que resulta estremecedor y que tendrá continuidad en su obra final, la prodigiosa *Cuando resucitemos*. William Archer, el paladín de Ibsen en el teatro inglés, sugiere que los sucesivos edificios construidos por Solness en la ficción equivalen a las propias etapas como escritor del noruego. Y por más que esto suene a ese tipo de interpretación psicologista que tanto gusta en el mundo anglosajón, resulta que es cierto. Ibsen comparte con Solness la edad, el miedo a las alturas, el carácter irritable, altanero y solitario, la desconfianza, los inesperados golpes de ternura, el distanciamiento de su esposa, la atracción por las jovencitas, incluso la afición por la arquitectura, arte que con frecuencia comparaba, y muy acertadamente, con el de la escritura dramática. Recordemos, finalmente, que *Solness, el constructor* fue la primera obra escrita por Ibsen tras su regreso a Noruega después de veintisiete años de exilio.

Knut Hamsun dijo de Ibsen que era un «escéptico con tendencia al enigma»[4] y esta interesante definición nos sirve no solo para entender la obra sino también para comprender por qué fue tan mal recibida. Como hemos dicho, Ibsen aborrece la afectación simbolista y se considera a sí mismo apegado a la realidad: «Lo que yo dibujo es gente real, seres

---

[4] Sletten Kolloen, Ingar, *Knut Hamsun, soñador y conquistador*, Nórdica, Madrid, 2009, pp. 62.

vivos. (…) A menudo he caminado junto a Hedda Gabler bajo los soportales de Múnich».[5] Pero su observación de la realidad es tan profunda, tan minuciosa, que, como un microscopio, llega allí donde la vista normal no percibe nada y desvela universos alucinantes. *Solness, el constructor* pasa tranquila, insolentemente, de lo cotidiano a lo fantasmagórico sin mayores explicaciones. Ibsen se las arregla para adentrarse al mismo tiempo en el naturalismo (el escéptico) y el simbolismo (el enigma) sin rendirse nunca definitivamente a ninguna de las dos etiquetas. Esta ambigüedad sin duda perturbó a los críticos de la época, y es también la responsable de que la obra siga siendo hoy en España un texto casi secreto, de culto.

Meyer acierta una vez más cuando compara algunos diálogos de *Solness, el constructor* con *El año pasado en Marienbad*,[6] el film de Resnais. En *Casa de muñecas*, el problema estaba en la mentira consciente; aquí, en la imposibilidad de conocer la verdad. Cuando Hilde se presenta ante Solness reclamándole el cumplimiento de su promesa (de nuevo, como vemos, el pasado que regresa a exigir un pago*)*, el maestro constructor experimenta un vértigo: la escena retratada por ella no pertenece a su memoria, *sino a sus sueños*. La muchacha habla con toda normalidad de demonios, espíritus y *trolls*. «En la vida», dice, «a veces pasan cosas de duendes». ¿Es Hilde un demonio que viene a llevarse el alma del constructor, o un ángel que pretende sacarle de la mediocridad en la que se ha instalado? Ibsen se mostró especialmente furioso con las variadísimas interpretaciones que crítica y público hicieron del significado de la obra. «¡Es increíble la cantidad de invenciones y de símbolos que se

---

[5] Conversación con Ernst Motzfeldt.
[6] Meyer, pp. 511.

me atribuyen!», protesta; «¿Es que la gente no puede limitarse a leer lo que he escrito?».[7] Pero lo cierto es que no se lo había puesto nada fácil a sus seguidores, y que tampoco es casual que Solness fascinara a los simbolistas franceses. El incendio, las muñecas, la alta torre a la que el protagonista debe trepar y de la cual caerá a tierra, son motivos de extraordinaria fuerza arquetípica, dicho sea en sentido jungiano. En el personaje del viejo arquitecto de quien Solness lo aprendió todo y al que más tarde robó la empresa, y en el del hijo que pretende recuperarla, aparecen ecos del tema de la legitimidad, tan querido por Shakespeare, pero también por la tragedia clásica. No puede evitarse pensar que la extrema susceptibilidad de Ibsen hacia quienes intentaban descifrar su obra estaba relacionada con la conciencia de haber ido quizá demasiado lejos en el desvelamiento autobiográfico.

Es importante tener en cuenta que el estado psicológico de Ibsen estuvo sometido, en este periodo, a experiencias particularmente desestabilizadoras. Por un lado estaba el choque de su regreso definitivo a Noruega. Aunque hacía años que en su país se le reconocía como héroe nacional, él mantuvo siempre una relación de amor/odio con aquella patria de la que se había sentido expulsado casi tres décadas antes y en la que ahora se le recibía con una ostentación a la que su nula sociabilidad no lograba adaptarse. Además, no todo eran parabienes: escritores jóvenes como el propio Hamsun aprovecharon su regreso para atacarle cruelmente, acusándole de obsoleto y sobrevalorado. El daño que estos ataques hicieron a Ibsen se transparenta en *Solness, el constructor*, donde el protagonista afirma temer a la juventud que viene empujando tras él. A continuación estuvo la boda

---

[7] Meyer, pp. 507.

de su hijo, Sigurd, con Bergliot, la hija de su eterno rival, Bjornstjerne Bjornson. Ambos gigantes de la literatura noruega, amigos en su juventud, feroces competidores después en virtud de sus respectivos, y escasamente flexibles, caracteres, habían llegado al punto más frío de su relación justo cuando Sigurd y Bergliot se enamoraron y decidieron casarse, llevando la contraria a los dos escritores que, por supuesto, predijeron el rápido y catastrófico fin de aquella unión. Vista con perspectiva, la organización del protocolo de la boda y la gelidez del trato entre ambos consuegros resulta casi cómica, pero es de suponer que todo ello influyó en el inestable ánimo de Ibsen. En cuanto a Sigurd y Bergliot, cabe levantar una copa en su honor y presumirles una enorme sensatez y no poco sentido del humor: pese a estar sometidos a las férreas presiones de lo que podríamos definir como las familias reales de la cultura noruega, fueron capaces de superar el evento y disfrutaron de un largo y feliz matrimonio.

Aunque quizá el episodio más traumático, de ser cierto, en toda aquella época, fue el encuentro de Henrik Ibsen con Hans Jacob Henriksen, el hijo bastardo que, cuarenta y seis años atrás, había tenido con una criada de la casa familiar. Si bien no existen pruebas fehacientes de que dicha reunión tuviera lugar, algunos de los más respetados estudiosos de Ibsen la dan por segura. El autor no había visto nunca antes a Henriksen, ni había mantenido el más mínimo contacto con él desde que, en el juicio de paternidad que tuvo lugar inmediatamente después del nacimiento, fuera obligado a pagar una pequeña pensión que, en cualquier caso, había sido letal para su muy precaria economía de juventud.

Parece ser que Hans Jacob, que era aficionado a la bebida y estaba habitualmente sin dinero, decidió un día presentarse en casa de su famoso progenitor con la intención de arreglar su situación financiera. Ibsen, siempre según el relato, le entregó una moneda de cinco coronas diciendo: «Esto es lo que le di a tu madre. Debería bastarte». A continuación, le puso en la calle. Podemos, o no, creer en esta historia. En torno a Ibsen, como suele suceder con todos los grandes artistas, se ha tejido una red de leyendas, algunas típicamente malintencionadas. Verdad o mentira, lo interesante de la anécdota es que resulta sorprendente e inconfundiblemente ibseniana: el pasado oculto que regresa cuando menos se lo espera para reclamar una deuda. También la realidad y la maledicencia habían leído a Ibsen.

Ignacio García May,
agosto de 2010

CASA DE MUÑECAS
Drama en tres actos

PERSONAJES

Helmer, abogado.
Nora, su mujer.
Doctor Rank.
Sra. Linde.
Krogstad, abogado.
Los tres hijos pequeños de los Helmer.
Anne-Marie, niñera en casa de los Helmer.
Criada en la misma casa.
Recadero.

(La acción tiene lugar en casa de los Helmer.)

PRIMER ACTO

*(Un acogedor salón amueblado con gusto, pero sin lujo.
Al fondo a la derecha, una puerta da al recibidor; al fondo
a la izquierda, otra conduce al despacho de Helmer.
Entre ambas puertas, un piano. En medio de la pared de la
izquierda, otra puerta y, más adelante, una ventana.
Cerca de esta, una mesa redonda con sillones y un pequeño sofá.
En la pared lateral de la derecha, algo retirada, una puerta
y en esa misma pared, más cerca del primer término, una estufa de
azulejos con un par de sillones y una mecedora delante.
Entre la estufa y la puerta lateral, una mesita. En las paredes,
grabados. Una estantería con objetos de porcelana y otros adornitos;
una pequeña vitrina con libros lujosamente encuadernados.
Alfombra en el suelo; la estufa está encendida. Día de invierno.)
(Llaman a la puerta del recibidor; al poco se escucha a alguien
abrir. Nora entra en el salón canturreando alegremente,
lleva puesta la ropa de abrigo y en las manos una buena cantidad
de paquetes que deposita sobre la mesa a la derecha.
Al entrar, deja abierta la puerta del recibidor y fuera se ve
a un recadero que trae un abeto de Navidad y una cesta
que le pasa a la criada que les ha abierto.)*

Nora.— Esconde bien el árbol de Navidad, Helene. Que los niños no lo vean hasta la noche, cuando esté adornado. *(Al recadero; saca su monedero.)* ¿Cuánto...?

Recadero.— Cincuenta céntimos.

Nora.— Aquí tiene una corona. No, quédese con el cambio.

*(El recadero da las gracias y se va. Nora cierra la puerta.
Continúa alegre y se ríe por lo bajo
mientras se quita la ropa de abrigo.)*

Nora *(se saca del bolsillo una bolsa de pastelitos de almendra y se come un par; a continuación se acerca sigilosamente a la puerta de su marido y se pone a escuchar a través de ella.).—* Sí, está en casa. *(Sigue canturreando mientras se dirige a la mesa de la derecha.)*
Helmer *(dentro de su despacho).—* Alondra, ¿eres tú la que gorjea ahí fuera?
Nora *(que está abriendo alguno de los paquetes).—* Sí, soy yo.
Helmer.— Ardilla, ¿eres tú la que enreda?
Nora.— ¡Sí!
Helmer.— ¿Cuándo has vuelto a casa, ardillita?
Nora.— Ahora mismo. *(Se mete la bolsa de pastelitos en el bolsillo y se limpia alrededor de la boca.)* Ven aquí, Torvald, que te voy a enseñar lo que he comprado.
Helmer.— ¡No molestes! *(Al poco abre la puerta y asoma la cabeza, con la pluma en la mano.)* ¿Comprado, dices? ¿Todo eso? ¿Otra vez has salido a tirar el dinero, cabecilla de chorlito?
Nora.— Pero, Torvald, este año habrá que soltarse un poco la melena. Al fin y al cabo es la primera Navidad que no tenemos que ahorrar.
Helmer.— Ah, te diré que tampoco estamos como para despilfarrar.
Nora.— Sí, Torvald, un poco sí que podremos despilfarrar, ¿no? Solo una pizca de nada. Ahora vas a tener un buen sueldo y ganar mucho, mucho dinero.
Helmer.— Sí, a partir de Año Nuevo; pero no cobraré hasta que pase todo el primer trimestre.
Nora.— Bah. Entre tanto, siempre podemos pedir prestado.
Helmer.— ¡Nora! *(Se acerca a ella y le agarra la oreja de broma.)* ¿Ya estás otra vez con la inconsciencia a cuestas? Imagínate que pidiera hoy prestadas mil coronas y tú las malgastaras en la semana de Navidad y que luego,

en Nochevieja, me cayera una teja en la cabeza y me quedara en el sitio.

Nora *(le pone la mano sobre la boca).—* Qué horror, no digas esas cosas.

Helmer.— Pues sí, imagínate que pasara algo así. ¿Entonces qué?

Nora.— Si pasara algo tan espantoso, me daría exactamente igual tener deudas que no tenerlas.

Helmer.— Ya. ¿Y la gente que me hubiera prestado el dinero?

Nora.— ¿Qué gente? ¿Qué nos importan? ¡No son nada nuestro!

Helmer.— Nora, Nora, ¡hasta qué punto eres mujer! En fin, hablando en serio, Nora; ya sabes lo que pienso sobre este asunto. ¡Nada de deudas! ¡Nada de préstamos! Cierta falta de libertad se cierne sobre los hogares que se fundan en deudas y préstamos, y por tanto también una falta de belleza. Hasta el día de hoy hemos aguantado como dos valientes y eso mismo seguiremos haciendo el poco tiempo que todavía hará falta.

Nora *(se dirige hacia la estufa).—* Está bien, Torvald, como quieras.

Helmer *(la sigue).—* Ea, ea, no me vayas a arrastrar las alas, ¿eh, alondra? ¿No estarás refunfuñando, ardillita? *(Saca el monedero.)* Nora, ¿a qué no sabes lo que tengo aquí?

Nora *(se vuelve rápidamente).—* ¡Dinero!

Helmer.— Mira. *(Le tiende algunos billetes.)* Por Dios, sé que en Navidades se va mucho dinero en una casa.

Nora *(cuenta).—* Diez, veinte, treinta, cuarenta. Ay, gracias, gracias, Torvald; con esto me apaño un buen trecho.

Helmer.— Más te vale.

Nora.— Que sí, que sí, descuida. Pero ven aquí, que te voy a enseñar todo lo que he comprado. ¡Y ha sido tan barato!

Mira, ropa nueva para Ivar... y un sable. Y aquí tengo un caballo y una trompeta para Bob. Y esto es una muñeca con su camita, para Emmy; no es más que una baratija, pero al fin y al cabo lo destroza todo enseguida. Y aquí tengo unos pañuelos y telas para los vestidos de las chicas; aunque la vieja Anne-Marie se merecería mucho más.

Helmer.— ¿Y qué hay en ese paquete de ahí?

Nora *(chillando)*.— ¡No, Torvald! ¡No puedes verlo hasta la noche!

Helmer.— Ah, ya. Pero dime, ¿qué tienes pensado para ti, pequeña derrochadora?

Nora.— Bah, ¿para mí? Yo no quiero nada.

Helmer.— Claro que quieres. A ver, dime algo sensato, lo que más te apetezca.

Nora.— No, de verdad que no se me ocurre nada. Bueno, sí, Torvald.

Helmer.— Dime.

Nora *(jugueteando con los botones de su marido; sin mirarlo)*.— Si de verdad quisieras regalarme algo, siempre podrías... podrías...

Helmer.— Vamos, vamos, suéltalo.

Nora *(deprisa)*.— Podrías darme dinero, Torvald. Lo que buenamente puedas, que después ya me compraré yo algo un día de estos.

Helmer.— Pero, Nora, no...

Nora.— Ay, sí, querido Torvald, hazlo así; te lo pido de corazón. Podría envolver el dinero en un bonito papel dorado y colgarlo del árbol. ¿A que tendría su gracia?

Helmer.— ¿Cómo se llaman esos pajarillos que siempre lo enredan todo?

Nora.— Ya, ya, chorlitos, lo sé. Pero hagamos como te digo, Torvald; así podré pensarme bien lo que necesito. ¿No te parece sensato, eh?

Helmer *(sonriendo).—* Desde luego que sí; esto es, si de verdad pudieras guardarte el dinero que te doy y realmente te compraras algo. Pero al final se te va en la casa y en otras cosas inútiles y luego me toca desembolsar otra vez.

Nora.— Ay, pero, Torvald...

Helmer.— Es innegable, mi querida Nora. *(Le rodea la cintura con el brazo.)* El chorlito es lindo, pero gasta mucho dinero. Es increíble lo que le cuesta a un hombre mantener a un chorlito.

Nora.— Pero bueno, ¿cómo puedes decir eso? De verdad que ahorro todo lo que puedo.

Helmer *(se echa a reír).—* Sí, dices bien. Todo lo que *puedes*. Pero es que no puedes nada.

Nora *(canturrea por lo bajo y sonríe contenta).—* Mmm, si supieras los gastos que tenemos las alondras y las ardillas, Torvald.

Helmer.— Eres un caso, pequeña. Exactamente como tu padre. Te desvives por conseguir algo de dinero, pero en cuanto lo tienes, se te escurre entre los dedos; y nunca sabes en qué se te ha ido. En fin, hay que aceptarte como eres. Lo llevas en la sangre. Que sí, que sí, que esas cosas se heredan, Nora.

Nora.— Ay, pues no sabes lo que me hubiera gustado a mí heredar muchas de las cualidades de papá.

Helmer.— Y no sabes lo que me hubiera disgustado a mí que fueras distinta a como eres, mi dulce alondrita cantora. Pero, oye, me estoy dando cuenta de que... Hoy tienes aspecto de... de... ¿cómo llamarlo?... de andar con secretos.

Nora.— ¿Yo?

Helmer.— Desde luego que sí. Mírame a los ojos.

Nora *(lo mira).—* ¿Y bien?

Helmer *(la amenaza con el dedo).—* Golosilla, ¿no habrás estado enredando por el centro, no?
Nora.— No, ¿cómo se te ocurre?
Helmer.— ¿De verdad que no te has pasado por la pastelería, golosilla?
Nora.— No, Torvald, te aseguro que...
Helmer.— ¿No habrás estado picando de la mermelada?
Nora.— En absoluto.
Helmer.— ¿Ni siquiera has mordisqueado un pastelito o dos?
Nora.— No, Torvald, de verdad que te aseguro que...
Helmer.— Vamos, vamos; estoy bromeando, por supuesto...
Nora *(se dirige a la mesa de la derecha).—* No se me pasaría por la cabeza llevarte la contraria.
Helmer.— Ya lo sé, y además me has dado tu palabra... *(Se acerca a ella.)* Anda, guárdate tus secretillos de Navidad, bonita, me imagino que esta noche saldrán a la luz cuando encendamos las velas del árbol.
Nora.— ¿Te has acordado de invitar al doctor Rank?
Helmer.— No. Pero tampoco hace falta, se da por supuesto que cenará con nosotros. Además, puedo invitarlo ahora, cuando se pase por aquí. He encargado un buen vino. No te puedes imaginar lo ilusionado que estoy con la noche, Nora.
Nora.— Yo también. ¡Y lo que van a disfrutar los niños, Torvald!
Helmer.— Ah, es un gusto saber que se tiene un puesto fijo y seguro; y unos ingresos generosos. ¿Verdad que es un placer?
Nora.— ¡Ay, es maravilloso!
Helmer.— ¿Te acuerdas de las Navidades pasadas? Durante las tres semanas previas, te encerraste cada noche hasta las tantas para hacer las flores del árbol y todas

las demás delicias con las que nos ibas a sorprender. Uf, fue la temporada más aburrida de mi vida.
Nora.— Pues yo no me aburrí nada.
Helmer *(sonriendo).*— Pero el resultado fue bastante pobre, Nora.
Nora.— Ay, ¿otra vez me vas a chinchar con eso? ¿Qué culpa tengo yo de que entrara el gato y lo destrozara todo?
Helmer.— Ninguna, desde luego, mi pobrecita Nora. Tenías toda la buena intención y querías alegrarnos, eso es lo principal. Pero menos mal que ya han pasado los tiempos de austeridad.
Nora.— Sí, desde luego que es maravilloso.
Helmer.— Ya no tendré que pasarme las noches solo y aburrido, y tú no tendrás que martirizarte esos bonitos ojos, ni esas manitas tan blancas y finas...
Nora *(aplaudiendo).*— ¿Verdad que no, Torvald, que ya no hace falta? ¡Ay, qué maravilla y qué delicia oírte decir eso! *(Le coge del brazo.)* Te voy a contar cómo tengo pensado que nos organicemos, Torvald. En cuanto pasen las Navidades... *(Llaman a la puerta en el recibidor.)* Uy, están llamando. *(Ordena un poco el salón.)* Parece que viene alguien. Qué fastidio.
Helmer.— Recuerda que no estoy en casa para las visitas.
Criada *(en la puerta de la entrada).*— Señora, hay aquí una mujer...
Nora.— Sí, que pase.
Criada *(a Helmer).*— Y al mismo tiempo ha llegado el doctor.
Helmer.— ¿Ha entrado directamente en mi despacho?
Criada.— Sí, eso ha hecho.

(Helmer se dirige a su despacho. La chica hace pasar al salón a la señora Linde, que lleva ropa de viaje, y cierra la puerta a sus espaldas.)

SRA. LINDE *(abatida y un poco vacilante).—* Buenos días, Nora.
NORA *(insegura).—* Buenos días...
SRA. LINDE.— Supongo que no me reconoces.
NORA.— No sé... Ah, espera, creo que... *(Exclamando.)* ¡Cómo! ¡Kristine! ¿De verdad que eres tú?
SRA. LINDE.— Sí, soy yo.
NORA.— ¡Kristine! ¡Mira que no reconocerte! Pero cómo podría... *(Más bajo.)* ¡Cuánto has cambiado, Kristine!
SRA. LINDE.— Sí, eso parece. Han pasado nueve o diez largos años...
NORA.— ¿Tanto hace que no nos vemos? Sí, es cierto. Ay, no sabes lo feliz que he sido estos últimos ocho años. ¿Y ahora has venido a la ciudad? Un viaje tan largo en pleno invierno. Qué valiente.
SRA. LINDE.— He llegado esta mañana con el barco de vapor.
NORA.— Para divertirte en las Navidades, claro. ¡Ah, qué placer! Eso, divertirnos es lo que vamos a hacer. Pero quítate el abrigo, mujer. ¿No tendrás frío? *(La ayuda.)* Ea, ahora nos vamos a sentar aquí junto a la estufa. ¡No! ¡Tú ahí, en el sillón! En la mecedora me siento yo. *(Le coge las manos.)* Bueno, ya vuelves a tener la cara de siempre; ha sido solo la primera impresión... Aunque sí que estás un poco más pálida, Kristine... y quizá un poco más flaca.
SRA. LINDE.— Y mucho, mucho más vieja, Nora.
NORA.— Sí, quizá un poco mayor, un poquitito de nada; no mucho, desde luego. *(De pronto se interrumpe, seria.)* ¡Ay, pero qué inconsciente soy, no paro de hablar! Kristine, preciosa, ¿podrás perdonarme?
SRA. LINDE.— ¿A qué te refieres, Nora?
NORA *(en voz baja).—* Kristine, pobrecita, pero si te quedaste viuda.

Sra. Linde.— Sí, hace tres años.

Nora.— Ay, mira que lo sabía, lo leí en los periódicos, claro. Ay, Kristine, tienes que creerme, pensé mil veces en escribirte; pero siempre acababa posponiéndolo, siempre surgía algo...

Sra. Linde.— Querida Nora, lo entiendo perfectamente.

Nora.— No, Kristine, estuvo muy feo por mi parte. Ay, pobrecita mía, lo que debes de haber pasado... Y además no te dejó nada de qué vivir, ¿verdad?

Sra. Linde.— No.

Nora.— ¿Ni siquiera hijos?

Sra. Linde.— No.

Nora.— ¿Así que no te dejó nada de nada?

Sra. Linde.— Ni siquiera una pena o una añoranza a la que agarrarme.

Nora *(la mira con incredulidad).—* Pero, Kristine, ¿eso cómo va a ser?

Sra. Linde *(sonríe apesadumbrada y le acaricia el pelo).—* Bueno, a veces pasan esas cosas, Nora.

Nora.— Completamente sola, entonces. Tiene que ser muy duro. Yo tengo tres hijos preciosos. Aunque ahora mismo no puedes verlos, están fuera con la niñera. Pero cuéntamelo todo, anda...

Sra. Linde.— No, no, no, mejor cuéntame tú.

Nora.— No, empieza tú. Hoy no quiero ser egoísta. Hoy quiero pensar solo en tus asuntos. Aunque una cosa sí tengo que contarte. ¿Te has enterado de la gran alegría que nos hemos llevado estos días?

Sra. Linde.— No. ¿Qué ha pasado?

Nora.— Fíjate, a mi marido lo han nombrado director del Banco de Acciones.

Sra. Linde.— ¿A tu marido? ¡Ay, qué suerte...!

Nora.— ¡Sí, inmensa! Ser abogado es una manera muy insegura de ganarse el pan, sobre todo cuando te niegas a hacer negocios que no sean finos y decentes. Y Torvald siempre se ha negado, por supuesto; y yo lo apoyo completamente, claro. ¡Ay, no sabes lo ilusionados que estamos! En Año Nuevo ya asumirá el cargo en el banco, y entonces tendrá un buen sueldo y muchas comisiones. A partir de ahora podremos vivir de otra manera... podremos vivir como queramos. ¡Ay, Kristine, no sabes lo ligera y feliz que me siento! Porque estarás de acuerdo conmigo en que es un placer tener dinero de sobra y no tener que preocuparse por eso, ¿verdad?

Sra. Linde.— Sí, al menos sería un placer tener lo imprescindible.

Nora.— ¡No, no solo lo imprescindible! ¡Sino mucho, mucho dinero!

Sra. Linde *(sonriendo).*— Nora, Nora, ¿aún no has sentado cabeza? Cuando ibas al colegio ya eras una gran derrochadora.

Nora *(se ríe por lo bajo).*— Sí, eso mismo dice Torvald aún. *(La amenaza con el dedo.)* Pero «Nora, Nora» no está tan loca como pensáis... Te puedo asegurar que las cosas no han estado como para derrochar. Aquí hemos tenido que trabajar los dos.

Sra. Linde.— ¿Tú también?

Nora.— Sí, he hecho cosillas, labores; bordados, ganchillo... *(De pasada.)* Y también otras cosas. Supongo que sabrás que Torvald dejó el ministerio cuando nos casamos. No había perspectivas de ascenso en su departamento y tenía que ganar más dinero que antes, claro. Pero el primer año se extenuó, fue terrible. Tuvo que buscar ingresos extra de todo tipo, te puedes imaginar, y trabajaba a todas horas. Pero no pudo soportarlo y cayó gravemente enfermo. Y los médicos dictaminaron que tenía que viajar al Sur.

Sra. Linde.— Sí, estuvisteis un año entero en Italia, ¿no?

Nora.— Desde luego. Y te puedo asegurar que no fue nada fácil salir de aquí. Ivar acababa de nacer. Pero irnos, nos teníamos que ir, claro. Ay, fue un viaje maravilloso, y a Torvald le salvó la vida. Aunque costó muchísimo dinero, Kristine.

Sra. Linde.— Ya me imagino.

Nora.— Mil doscientos escudos costó. Cuatro mil ochocientas coronas. Qué cantidad de dinero, oye.

Sra. Linde.— Sí, aunque en estos casos al menos es una suerte tenerlo.

Nora.— Pues sí, te diré, me lo dio papá.

Sra. Linde.— Ah, ya. Tu padre murió justo por esas fechas, creo.

Nora.— Sí, Kristine, fue justo entonces. Y fíjate que no pude ir a cuidarlo. Me encontraba a la espera de que Ivar naciera de un día para otro. Y además tenía que cuidar del pobre Torvald, que estaba enfermo de muerte. ¡Mi querido papá! ¡Con lo bueno que era! Nunca volví a verlo, Kristine. Ay, es lo peor que me ha pasado desde que me casé.

Sra. Linde.— Sí, ya sé que lo querías mucho. Pero entonces os fuisteis a Italia, ¿no?

Nora.— Sí, al fin y al cabo ya teníamos el dinero, y los médicos nos apremiaban. Así que nos marchamos al cabo de un mes o así.

Sra. Linde.— ¿Y tu marido volvió completamente recuperado?

Nora.— ¡Sano como una manzana!

Sra. Linde.— Pero... ¿y el doctor?

Nora.— ¿Qué quieres decir?

Sra. Linde.— He creído entender que la chica llamaba doctor al señor que ha llegado a la vez que yo.

Nora.— Sí, era el doctor Rank; pero no ha venido por trabajo; es nuestro mejor amigo y se pasa por aquí una vez al día, como mínimo. No, Torvald no ha vuelto a estar enfermo ni un solo día. Y los niños están sanos y fuertes, igual que yo. *(Se levanta de un salto y aplaude con las manos.)* ¡Por Dios, por Dios, Kristine! ¡Qué maravilla y qué gusto es vivir y ser feliz!... Ay, pero qué desagradable soy... no hago más que hablar de mis cosas. *(Se sienta en una banqueta pegada a ella y le pone los brazos en las rodillas.)* ¡Ay, no te enfades conmigo! Dime, ¿es verdad que no querías a tu marido? ¿Y por qué te casaste con él?

Sra. Linde.— Mi madre vivía aún, estaba en cama y desamparada. Y además tenía que ocuparme de mis dos hermanos pequeños. No me pareció sensato rechazar su oferta.

Nora.— Ya, ya, puede que tengas razón. ¿Así que en aquel momento era rico?

Sra. Linde.— Era bastante adinerado, creo. Pero sus negocios no eran muy seguros, Nora. Cuando murió, las cosas se torcieron y no quedó nada.

Nora.— ¿Y luego...?

Sra. Linde.— Bueno, pues tuve que salir adelante con una tiendecita, un colegio modesto y, en general, con cualquier cosa. Los últimos tres años han sido como una larga jornada de trabajo, continua y sin descanso. Pero ya ha pasado, Nora. Mi pobre madre ya no me necesita, porque nos ha abandonado. Y los chicos tampoco; los dos tienen trabajo y se pueden mantener a sí mismos.

Nora.— Qué ligera te debes de sentir...

SRA. LINDE.— Pues no, solo enormemente vacía. Ya no tengo a nadie por quién vivir. *(Se levanta inquieta.)* Por eso no aguantaba más en aquel rincón perdido del mundo. Aquí tiene que ser más fácil encontrar algo que te absorba y te ocupe la cabeza. Con un poco de suerte, podría conseguir un puesto fijo, un trabajo en una oficina...

NORA.— Ay, pero Kristine, eso es cansadísimo; y tú ya pareces agotada. Te vendría mucho mejor un balneario.

SRA. LINDE *(se dirige a la ventana).*— Yo no tengo un papá que me lo pague, Nora.

NORA *(se levanta).*— ¡Ay, no te enfades!

SRA. LINDE *(se acerca a ella).*— Querida Nora, no te enfades tú. Esto es lo peor de una posición como la mía, que te amarga el alma. No tienes a nadie por quien trabajar, y aun así te ves obligado a buscarte la vida por todas partes. Al fin y al cabo hay que vivir; y acabas volviéndote una egoísta. Ahora, cuando me has contado el afortunado cambio en vuestra posición... ¿te lo puedes creer?... no me he alegrado tanto por ti como por mí.

NORA.— ¿Qué quieres decir? Ah, ya entiendo. Piensas que quizá Torvald podría hacer algo por ti.

SRA. LINDE.— Sí, eso he pensado.

NORA.— Y eso es lo que va a hacer, Kristine. Tú déjalo en mis manos; voy a presentárselo tan bien, tan bien... me voy a inventar algo tan adorable que le va a parecer estupendo. Ay, no sabes las ganas que tengo de ayudarte.

SRA. LINDE.— Qué bonito, Nora, que pongas tanto entusiasmo en ayudarme... Doblemente bonito es que lo hagas tú, que sabes tan poco de los lastres y las dificultades de la vida.

NORA.— ¿Que yo...? ¿Que yo sé poco de...?

Sra. Linde *(sonriendo).—* Bueno, por Dios, unos pocos bordados y cosas de esas... Eres una niña, Nora.
Nora *(alza la barbilla y avanza por la sala).—* No deberías decir eso con tanta arrogancia.
Sra. Linde.— ¿Ah no?
Nora.— Eres igual que los demás. Todos creéis que no sirvo para nada serio...
Sra. Linde.— Vamos, vamos...
Nora.— ...que no he sufrido nada en este mundo difícil.
Sra. Linde.— Pero, querida Nora, si me acabas de contar todas tus contrariedades.
Nora.— Bah... ¡Esas nimiedades! *(En voz baja.)* No te he contado lo grande.
Sra. Linde.— ¿Lo grande? ¿A qué te refieres?
Nora.— Me miras por encima del hombro, Kristine; pero no deberías. Tú estás orgullosa de lo mucho que has trabajado por tu madre durante todo este tiempo.
Sra. Linde.— De verdad que no miro a nadie por encima del hombro. Pero eso último sí que es verdad: no solo estoy orgullosa, sino que además me alegra mucho haber conseguido que mi madre no tuviera preocupaciones el último tiempo de su vida.
Nora.— Y también estás orgullosa de lo que has hecho por tus hermanos.
Sra. Linde.— Me parece que tengo derecho a estarlo.
Nora.— A mí también me lo parece. Pero ahora te voy a contar una cosa, Kristine. Yo también tengo algo que me alegra, algo de lo que estar orgullosa.
Sra. Linde.— No lo dudo. Pero ¿en qué sentido lo dices?
Nora.— Habla más bajo. ¡Imagínate que nos oyera Torvald! Por nada del mundo puede... nadie puede enterarse de esto, Kristine, nadie más que tú.
Sra. Linde.— Pero ¿de qué se trata?

Nora.— Ven aquí. *(La sienta consigo en el sofá.)* Pues verás... yo también tengo algo de lo que estar orgullosa, y de lo que alegrarme. Porque fui yo quien salvó la vida de Torvald.
Sra. Linde.— ¿Salvó...? ¿Salvó cómo?
Nora.— Ya te he hablado del viaje a Italia. Torvald no habría podido recuperarse si no hubiéramos ido...
Sra. Linde.— Ya, bueno, tu padre os dio el dinero...
Nora *(sonríe).*— Sí, eso es lo que creen Torvald y todos los demás, pero...
Sra. Linde.— ¿Pero?
Nora.— Papá no nos dio un céntimo. Fui yo quien consiguió el dinero.
Sra. Linde.— ¿Tú? ¿Toda esa cantidad?
Nora.— Mil doscientos escudos. Cuatro mil ochocientas coronas. ¿Qué me dices?
Sra. Linde.— Pero, Nora, ¿cómo lo conseguiste? ¿Ganaste a la lotería?
Nora *(con desprecio).*— ¿La lotería? *(Resoplando.)* ¿Qué mérito tendría eso?
Sra. Linde.— Pero ¿de dónde lo sacaste?
Nora *(canturrea y sonríe misteriosamente).*— Mmm. ¡Tra-la-la!
Sra. Linde.— Porque no pudiste pedir un préstamo.
Nora.— Vaya. ¿Y por qué no?
Sra. Linde.— Pues no, porque una mujer casada no puede pedir un préstamo sin el consentimiento de su marido.
Nora *(alza la barbilla).*— Bueno, si se trata de una mujer con una pizca de olfato para los negocios... de una mujer que sabe actuar con algo de inteligencia, pues...
Sra. Linde.— Pero, Nora, de verdad que no entiendo...
Nora.— Ni falta que hace. Aquí no se ha dicho que me hayan prestado el dinero, en absoluto. Siempre puedo

haberlo conseguido de otra manera. *(Se recuesta en el sofá.)* Me lo puede haber dado algún admirador. Cuando se es tan atractiva como yo...

Sra. Linde.— Eres una loca.

Nora.— Me parece que te mueres de curiosidad, Kristine.

Sra. Linde.— Pues sí, pero escúchame, querida Nora... ¿No habrás sido un poco imprudente?

Nora *(se reincorpora)*.— ¿Es imprudente salvarle la vida a tu marido?

Sra. Linde.— Me parece imprudente que sin saberlo él...

Nora.— ¡Pero es que justamente no debía saber nada! Por Dios, ¿es que no lo entiendes? Ni siquiera podía enterarse de lo mal que estaba. Era a mí a quien venían los médicos a decirme que su vida corría peligro, y que lo único que podía salvarle era una temporada en el Sur. ¿Crees que al principio no intenté engatusarlo? Le dije que me moría por viajar al extranjero, como las demás recién casadas; lloré y se lo supliqué; le dije que ya podía ir teniendo en cuenta mi estado, que tenía que ser bueno y complacerme; y al final le insinué que podía pedir un préstamo. Pero entonces casi se enfada, Kristine. Me dijo que era una frívola y que era su deber como esposo no complacer mis caprichos y antojos... como creo que los llamó. Así que pensé, en fin, salvarte, hay que salvarte igual; y fue entonces cuando encontré una salida...

Sra. Linde.— ¿Y tú marido no se enteró por tu padre de que el dinero no venía de él?

Nora.— No, nunca. Papá se murió esos mismos días. Tenía pensado contárselo todo y pedirle que no se lo dijera a nadie. Pero como se puso tan enfermo... Por desgracia, no fue necesario.

Sra. Linde.— ¿Y nunca se lo has confesado a tu marido?

NORA.— No, en nombre de Dios, ¿cómo puedes pensar eso? ¡Con lo estricto que es él para estas cosas! Y además... Torvald... con ese sentimiento de hombría... sería muy embarazoso para él. Le resultaría humillante pensar que me debe algo. Eso destruiría por completo nuestra relación, y este hogar tan precioso y feliz nunca volvería a ser lo que es.

SRA. LINDE.— ¿No se lo vas a contar nunca?

NORA *(reflexiva, medio sonriendo).*— Sí... quizá en algún momento... dentro de muchos años, cuando no sea tan guapa como ahora. ¡No te rías! Me refiero a cuando Torvald ya no me vea con tan buenos ojos, claro; cuando deje de divertirle que baile para él, que me disfrace y declame. Llegado ese momento será bueno tener un as en la manga... *(Se interrumpe.)* ¡Bah, bah, bah! Ese momento no llegará nunca. Bueno, ¿qué dices de mi gran secreto, Kristine? ¿No te parece que yo también valgo para algo? Por cierto, te puedo asegurar que este asunto me ha supuesto muchas preocupaciones. La verdad es que no me ha resultado nada fácil cumplir con mis compromisos a tiempo. Te puedo contar que en el mundo de los negocios hay algo que se llama intereses trimestrales y algo que se llama plazos; y siempre resulta dificilísimo reunirlos. Así que he tenido que ahorrar un poco de aquí y de allá, de donde podía, ¿entiendes? Pero del dinero de la manutención de la casa no podía apartar gran cosa, porque Torvald tenía que vivir bien, claro. Y tampoco podía dejar que los niños fueran mal vestidos, lo que me daba para ellos me parecía que tenía que dedicárselo todo. ¡Mis preciosas criaturitas!

SRA. LINDE.— Así que ha sido a costa de tus propias necesidades, Nora, pobrecita.

Nora.— Sí, claro. Al fin y al cabo me correspondía. Cuando Torvald me daba dinero para vestidos nuevos y cosas así, nunca usaba más de la mitad; me compraba siempre lo más barato y lo más simple. Menos mal que todo me sienta tan bien que Torvald no ha notado nada. Pero muchas veces me apenaba, Kristine; porque es un gusto ir bien vestida, ¿verdad?

Sra. Linde.— Ya lo creo.

Nora.— En fin, también he tenido otras fuentes de ingresos. El invierno pasado tuve la suerte de que me dieran una buena cantidad de documentos para copiar. Así que por las noches me encerraba a escribir hasta las tantas. Ay, muchas veces estaba tan cansada, tan cansada... Pero al mismo tiempo era divertidísimo, eso de sentarse a trabajar y luego ganar dinero. Era casi como ser un hombre.

Sra. Linde.— Pero ¿cuánto has podido devolver de esa manera?

Nora.— Bueno, no te sabría decir exactamente. Verás, es muy difícil tener controlados este tipo de negocios. Solo sé que he pagado todo lo que he podido. Muchas veces he estado completamente desesperada. *(Sonríe.)* Y entonces me he dedicado a imaginarme que un anciano caballero rico se enamoraba de mí...

Sra. Linde.— ¡Cómo! ¿Qué caballero?

Nora.— ¡Bah, tonterías!... que se moría y que, al abrir su testamento, se leía en grandes letras: «Todo mi dinero ha de ser entregado de inmediato y en efectivo a la encantadora señora Nora Helmer».

Sra. Linde.— Pero, mi querida Nora... ¿Qué caballero era ese?

Nora.— Por Dios, ¿es que no lo entiendes? El anciano caballero no existía; simplemente era algo que me imaginaba una y otra vez cuando no se me ocurría otra manera de reunir el dinero. Pero la verdad es que ya da igual; por mí, el buen caballero puede quedarse donde esté; ya no me importan ni él ni su testamento, porque se acabaron las preocupaciones. *(Se levanta de un salto.)* ¡Ay, Dios, qué gusto da pensarlo, Kristine! ¡No más preocupaciones! ¡Poder vivir tranquila, sin el menor apuro! ¡Jugar y enredar con los niños! ¡Tener la casa tan preciosa y elegante como le gusta a Torvald! Y mira, la primavera y el cielo claro están al caer. Tal vez podamos viajar un poco. Quizá vea de nuevo el mar. ¡Ay, sí, sí! ¡Desde luego que es maravilloso vivir y ser feliz!

(Se escucha el timbre en el recibidor.)

SRA. LINDE *(se levanta).—* Están llamando, quizá sea mejor que me vaya.
NORA.— No, quédate. Seguro que no es nadie, debe de ser para Torvald...
CRIADA *(en la puerta del recibidor).—* Disculpe, señora, hay aquí un caballero que quiere hablar con el señor abogado...
NORA.— Con el señor director, querrás decir.
CRIADA.— Eso, con el señor director; pero es que no sabía... como está con el doctor...
NORA.— ¿Quién es el caballero?
ABOGADO KROGSTAD *(en la puerta del recibidor).—* Soy yo, señora.

(La señora Linde da un respingo y, sobresaltada, se vuelve hacia la ventana.)

NORA *(dando un paso hacia él, tensa, a media voz).—* ¿Usted? ¿Qué pasa? ¿De qué quiere hablar con mi marido?

Krogstad.— De asuntos del banco... en cierto sentido. Tengo un pequeño puesto en el Banco de Acciones y como he oído que, a partir de ahora, su marido será el jefe...
Nora.— ¿Sí...?
Krogstad.— Simples negocios, señora; nada más.
Nora.— Bueno, pues entonces sea usted tan amable de entrar por la puerta del despacho. *(Se despide con indiferencia mientras cierra la puerta del recibidor; después se acerca a atender la estufa.)*
Sra. Linde.— Nora... ¿Quién era ese hombre?
Nora.— Un abogado, un tal Krogstad.
Sra. Linde.— Así que de verdad era él.
Nora.— ¿Conoces a ese hombre?
Sra. Linde.— Lo conocía... hace bastantes años. Durante un tiempo fue pasante de abogado por nuestras tierras.
Nora.— Sí, claro que lo fue.
Sra. Linde.— Cuánto ha cambiado.
Nora.— Creo que ha tenido un matrimonio muy infeliz.
Sra. Linde.— Se ha quedado viudo, ¿no?
Nora.— Con muchos hijos. Ea, ya está ardiendo. *(Cierra la puerta de la estufa y aparta un poco la mecedora.)*
Sra. Linde.— Se dice que lleva todo tipos de negocios...
Nora.— ¿Ah sí? Puede ser, no tengo ni idea... Pero dejemos de pensar en negocios, es tan aburrido...

(El doctor Rank sale del despacho de Helmer.)

Doctor Rank *(todavía en la puerta)*.— No, no, no quiero molestar; prefiero irme un rato con tu mujer. *(Cierra la puerta y se fija en la señora Linde.)* Uy, lo siento, parece que aquí también molesto.
Nora.— No, de ninguna manera. *(Los presenta.)* El doctor Rank. La señora Linde.

Rank.— Ah, ya. Un nombre que se escucha a menudo en esta casa. Creo que, al subir, adelanté a la señora en las escaleras.
Sra. Linde.— Sí, subo muy despacio; no me sienta bien.
Rank.— Ya veo, ¿una ligera descomposición interna?
Sra. Linde.— En realidad es más bien agotamiento.
Rank.— ¿Nada más? Entonces habrá venido a la ciudad para recuperarse en los festejos.
Sra. Linde.— He venido a buscar trabajo.
Rank.— ¿Y está demostrado que eso sea un buen remedio contra el agotamiento?
Sra. Linde.— Hay que vivir, señor doctor.
Rank.— Sí, parece que todo el mundo está de acuerdo en que es muy necesario.
Nora.— Vamos, doctor Rank, como si usted no quisiera vivir.
Rank.— Claro que quiero. Por muy mal que me sienta, quiero seguir torturándome el mayor tiempo posible. A todos mis pacientes les pasa igual, incluso a los que están aquejados en lo moral. En estos precisos momentos Helmer tiene a uno de esos enfermos morales en su despacho...
Sra. Linde *(mitigada)*.— ¡Ay!
Nora.— ¿Qué quiere decir?
Rank.— Ah, bueno, es un abogado, un tal Krogstad, una persona a la que usted no conoce. Tiene las raíces del carácter podridas, señora. Pero incluso él ha empezado a hablar de que tenía que vivir, como si fuera algo muy importante.
Nora.— Vaya. ¿Y de qué quería hablar con Torvald?
Rank.— La verdad es que no lo sé, solo me he enterado de que tenía algo que ver con el banco.

Nora.— No sabía que Krog... que el tal Krogstad tuviera algo que ver con el banco.
Rank.— Pues sí, le han dado no sé qué cargo. *(A la señora Linde.)* Me pregunto si por su tierra habrá también ese tipo de personas que anda por ahí desviviéndose por descubrir la putrefacción moral y, en cuanto la descubren, ingresan al afectado en algún puesto de conveniencia para someterlo a observación. Mientras que los sanos tienen que conformarse amablemente con quedarse fuera.
Sra. Linde.— Supongo que los enfermos también son los que más necesitan que los ingresen.
Rank *(se encoge de hombros)*.— Eso, ya estamos. Pensando así es como convertimos la sociedad en un hospital.

(Nora, pensando en sus cosas, rompe a reír a media voz y aplaude.)

Rank.— ¿Por qué se ríe de eso? ¿Acaso sabe usted lo que es la sociedad?
Nora.— ¿Qué me importa a mí la sociedad esa, con lo aburrida que es? Me reía de algo completamente distinto... de algo divertidísimo... Dígame, doctor Rank, ¿entonces, a partir de ahora, todos los empleados del banco dependerán de Torvald?
Rank.— ¿Eso es lo que le resulta tan gracioso?
Nora *(sonríe y tararea)*.— ¡Cosas mías! ¡Cosas mías! *(Se pasea por la habitación.)* Pues sí, es graciosísimo pensar que a partir de ahora vamos a tener... que Torvald va a tener tanta influencia sobre tanta gente. *(Se saca la bolsa del bolsillo.)* Doctor Rank, ¿quiere usted un pastelito de almendras?
Rank.— Vaya, vaya, pastelitos. Creía que eran artículo prohibido en esta casa.

NORA.— Sí, pero estos me los ha traído Kristine.
SRA. LINDE.— ¿Cómo? ¿Que yo...?
NORA.— Vamos, vamos; no te horrorices. No podías saber que Torvald me los tiene prohibidos. Te diré que tiene miedo de que me estropeen los dientes. Pero bah... por una vez... ¿Verdad, doctor Rank? ¡Tome! *(Le mete un pastellillo en la boca.)* Tú también, Kristine. Y otro para mí; solo uno pequeñito... como mucho dos. *(Vuelve a pasear.)* Pues sí, la verdad es que soy muy feliz. Ahora solo queda... una cosa que me muero por hacer.
RANK.— Vaya. ¿Y qué es?
NORA.— Me muero por decir una cosa delante de Torvald.
RANK.— ¿Y entonces por qué no la dice?
NORA.— No, no me atrevo, está feo.
SRA. LINDE.— ¿Está feo?
RANK.— Bueno, pues entonces será mejor que no. Pero seguro que a nosotros puede... ¿Qué es lo que tiene tantas ganas de decir delante de Helmer?
NORA.— Me muero por decir: «Rayos y centellas».
RANK.— ¿Se ha vuelto loca?
SRA. LINDE.— ¡Por Dios, Nora...!
RANK.— Dígalo. Ahí está.
NORA *(esconde la bolsa de pastelitos).*— ¡Chis, chis, chis!

(Helmer, con el abrigo sobre el brazo y el sombrero en la mano, sale de su despacho.)

NORA *(acercándose a él).*— Bueno, querido Torvald, ¿te has librado de él?
HELMER.— Sí, ya se ha ido.
NORA.— Deja que te presente... Esta es Kristine, que acaba de llegar a la ciudad.
HELMER.— ¿Kristine...? Lo siento, pero no sé...

Nora.— La señora Linde, querido Torvald; la señora Kristine Linde.
Helmer.— Ah, ya. ¿Supongo que será amiga de infancia de mi esposa?
Sra. Linde.— Sí, nos conocimos en otros tiempos.
Nora.— Y fíjate, que ahora ha hecho todo el viaje hasta aquí para hablar contigo.
Helmer.— ¿Qué significa eso?
Sra. Linde.— Bueno, en realidad no...
Nora.— Pues resulta que a Kristine se le dan increíblemente bien las labores de oficina y además se muere por trabajar a las órdenes de un hombre eficiente, para aprender más de lo que ya sabe...
Helmer.— Muy sensato, señora.
Nora.— Y al enterarse de que te han nombrado director del banco... ha recibido un telegrama con la noticia... ha venido hasta aquí tan rápido como ha podido y... ¿A que sí, Torvald, a que podrás hacer algo por Kristine? Para alegrarme. ¿Verdad que sí?
Helmer.— Bueno, no lo descarto en absoluto. ¿Supongo que la señora será viuda?
Sra. Linde.— Sí.
Helmer.— ¿Y tiene experiencia en los negocios de oficina?
Sra. Linde.— Sí, considerable.
Helmer.— En fin, pues entonces es altamente probable que pueda conseguirle un empleo...
Nora *(aplaudiendo)*.— ¡Ves, ves!
Helmer.— Ha llegado usted en buen momento, señora...
Sra. Linde.— Ay, ¿cómo podría agradecerle...?
Helmer.— No hace ninguna falta *(Se pone el abrigo.)* Pero hoy tendrá que disculparme...
Rank.— Espera, salgo contigo. *(Va a la entrada a buscar su abrigo de piel y lo calienta ante la estufa.)*

Nora.— No te entretengas mucho, querido Torvald.
Helmer.— Una hora o así, no más.
Nora.— ¿Tú también te vas, Kristine?
Sra. Linde *(se pone la ropa de abrigo).*— Sí, tengo que buscar alojamiento.
Helmer.— Entonces quizá podamos salir juntos.
Nora *(la ayuda).*— Siento que tengamos que ser tan austeros, pero nos va a ser imposible...
Sra. Linde.— ¡Uy, en qué estás pensando! Adiós, querida Nora, y gracias por todo.
Nora.— Hasta pronto, pues. Pero esta noche tienes que volver, claro. Y usted también, doctor Rank. ¿Cómo? ¿Que si se encuentra lo bastante bien? Ya lo creo que estará bien; usted abríguese.

(Salen a la entrada conversando normalmente. Fuera en las escaleras, se oyen voces de niños.)

Nora.— ¡Ahí están! ¡Ahí están!

(Sale corriendo y abre la puerta. Anne-Marie, la niñera, entra con los niños.)

Nora.— ¡Entrad! ¡Entrad! *(Se agacha y los besa.)* ¡Ay, bonitos, preciosos...! ¿Los estás viendo, Kristine? ¿No son deliciosos?
Rank.— ¡Déjense de cháchara en medio de la corriente!
Helmer.— Vamos, señora Linde; lo que sigue no lo soportan más que las madres.

(El doctor Rank, Helmer y la señora Linde bajan las escaleras. La niñera entra en el salón con los niños, al igual que Nora, tras cerrar la puerta del recibidor.)

NORA.— ¡Qué buena cara traéis! ¡Y qué buen color habéis cogido! Como las rosas y las manzanas. *(En lo que sigue los niños hablan a la vez que ella.)* ¿Os los habéis pasado bien? ¡Magnífico. ¿Ah sí? ¿Has arrastrado a Bob y a Emmy con el trineo? ¡Fíjate, a los dos a la vez! Qué buen chico eres, Ivar. Ay, déjame sostenerla un rato, Anne-Marie. ¡Mi preciosa muñequita! *(Coge a la más pequeña de los brazos de Anne-Marie y se pone a bailar con ella.)* Que sí, que sí, que mamá va a bailar también con Bob. ¿Cómo? ¿Que os habéis lanzado bolas de nieve? ¡Ay, me hubiera encantado jugar con vosotros! No, no; quiero desvestirlos yo, Anne-Marie. Ay, sí, déjame; ¡es tan divertido...! Entra en el cuarto mientras tanto. ¡Estás helada! Tienes café caliente sobre la estufa.

(La niñera se mete en la habitación de la izquierda. Nora les quita la ropa de abrigo a los niños y la va arrojando en cualquier sitio mientras los deja hablar a todos a la vez.)

NORA.— Conque sí, ¿eh? ¿Os ha perseguido un perro negro? ¿Pero no os ha mordido? No, los perros no muerden a los niños guapos. ¡No mires los paquetes, Ivar! ¿Que qué es? Eso querríais saber. Ay, no, no; eso está muy feo. Bueno, ¿jugamos? ¿A qué? Al escondite. Eso, vamos a jugar al escondite. Que Bob se esconda primero. ¿Yo? Bueno, pues me escondo yo primero.

(Entre risas y alboroto, Nora y los niños juegan por el salón y la habitación contigua de la derecha. Al final Nora se esconde debajo de la mesa; los niños entran corriendo, la buscan pero no la encuentran, la oyen reírse por lo bajo, se precipitan sobre la mesa, levantan el tapete y la ven. Gritos de alegría.)

Nora sale arrastrándose como para asustarlos. Más gritos de alegría. Entre tanto han llamado a la puerta, pero nadie se ha percatado de ello. La puerta se entorna y el abogado Krogstad asoma la cabeza; espera un poco; el juego continúa.)

KROGSTAD.— Disculpe, señora Helmer...
NORA *(con un chillido mitigado, se vuelve y se incorpora a medias).*— ¡Ay! ¿Qué quiere?
KROGSTAD.— Disculpe, la puerta de fuera estaba entornada; alguien debe de habérsela dejado abierta...
NORA *(se levanta).*— Mi marido no está en casa, señor Krogstad.
KROGSTAD.— Lo sé.
NORA.— Bueno, ¿y entonces a qué ha venido?
KROGSTAD.— A hablar un momento con usted.
NORA.— ¿Con...? *(A los niños, en voz baja.)* Id con Anne-Marie. ¿Cómo? No, este señor no quiere hacerle nada malo a mamá. Seguiremos jugando cuando se vaya.

(Conduce a los niños a la habitación de la izquierda y cierra la puerta a sus espaldas.)

NORA *(inquieta, tensa).*— ¿Quería hablar conmigo?
KROGSTAD.— Sí, eso quiero.
NORA.— ¿Hoy...? Pero todavía no estamos a principios de mes...
KROGSTAD.— No, hoy es Nochebuena. Y de usted depende lo que vaya a disfrutar de la alegría navideña.
NORA.— ¿Qué es lo que quiere? Hoy no puedo de ninguna manera...
KROGSTAD.— Por ahora no vamos a hablar de eso. Se trata de otra cosa. Tendrá usted un momento, ¿no?
NORA.— Bueno, claro, supongo que sí; aunque...
KROGSTAD.— Bien. Estaba sentado en el restaurante de Olsen y he visto a su marido pasar por la calle...

Nora.— Muy bien.
Krogstad.— ...con una señora.
Nora.— ¿Y qué?
Krogstad.— ¿Me permitiría preguntarle algo? ¿Esa mujer no era una tal señora Linde?
Nora.— Sí.
Krogstad.— ¿Acaba de llegar a la ciudad?
Nora.— Sí, hoy mismo.
Krogstad.— Es buena amiga suya, ¿verdad?
Nora.— Sí que lo es, pero no entiendo...
Krogstad.— Yo también la conocí en tiempos.
Nora.— Ya lo sé.
Krogstad.— ¿Ah sí? Entonces está usted al corriente de ese asunto. Ya me lo imaginaba. Bueno, ¿me permite preguntar sin rodeos? ¿Van a contratar a la señora Linde en el banco?
Nora.— ¿Cómo se atreve usted a interrogarme, señor Krogstad? *Usted*, uno de los subordinados de mi marido. Pero ya que me lo pregunta, se lo diré: Sí, a la señora Linde le van a dar un trabajo. Y he sido yo la que ha defendido su causa, señor Krogstad. Ahora ya lo sabe.
Krogstad.— Entonces he supuesto bien.
Nora *(yendo y viniendo por la habitación)*.— Bueno, algo de influencia siempre tendré, digo yo. Aunque sea mujer, no se puede asumir de inmediato que... Cuando se está en una relación de subordinación, señor Krogstad, debería uno tener cuidado con ofender a quien... mmm...
Krogstad.— ¿A quien tiene influencia?
Nora.— Sí, exacto.
Krogstad *(cambia de tono)*.— Señora Helmer, ¿tendría usted la amabilidad de emplear su influencia en mi favor?
Nora.— ¿Cómo? ¿Qué quiere usted decir?

KROGSTAD.— ¿Sería usted tan amable de procurar que conserve mi puesto de subordinado en el banco?
NORA.— ¿Qué quiere decir? ¿Quién está pensando en quitarle su puesto?
KROGSTAD.— Vamos, conmigo no necesita hacerse la tonta. Entiendo perfectamente que a su amiga no puede resultarle agradable exponerse a verme; y ahora entiendo también a quién puedo agradecerle que me vayan a echar.
NORA.— Pero le aseguro que...
KROGSTAD.— Bueno, bueno, bueno. Sin rodeos: todavía estamos a tiempo y le aconsejo que emplee su influencia para impedirlo.
NORA.— Pero, señor Krogstad, si no tengo la más mínima influencia.
KROGSTAD.— ¿Ah no? Me ha parecido que acaba de decir...
NORA.— No hay que entenderlo así, evidentemente. ¡Yo! ¿Cómo puede pensar que yo tenga ese tipo de influencia sobre mi marido?
KROGSTAD.— Vamos, que conozco a su marido desde que éramos estudiantes. No creo que el señor director sea más firme que los demás esposos.
NORA.— Si va a hablar despectivamente de mi marido, le echo ahora mismo.
KROGSTAD.— La señora es valiente.
NORA.— Ya no le tengo miedo. En cuanto pase Año Nuevo, no tardaré en salir de todo esto.
KROGSTAD *(más controlado).—* Escúcheme, señora. Lucharé por mi modesto puesto en el banco como si me fuera en ello la vida, si hace falta.
NORA.— Sí, eso parece.
KROGSTAD.— No es solo por los ingresos; en realidad eso es lo de menos. Pero hay otra cosa... En fin, ¡que salga

todo! Verá, se trata de lo siguiente: evidentemente sabrá usted, como todo el mundo, que en una ocasión, hace unos cuantos años, cometí una imprudencia.
Nora.— Creo que algo he oído.
Krogstad.— El asunto no llegó a los tribunales, pero de pronto fue como si se me cerraran todos los caminos. Entonces me embarqué en los negocios que usted conoce. A algo tenía que agarrarme, y me atrevo a decir que no he sido de los peores. Pero ahora tengo que salir de todo esto. Mis hijos están creciendo y por ellos tengo que recuperar toda la respetabilidad posible. Este puesto en el banco era el primer escalón. Y ahora su marido quiere darme la patada y devolverme al fango.
Nora.— Pero por Dios, señor Krogstad, no está en mis manos ayudarle, en absoluto.
Krogstad.— Eso es porque no tiene voluntad de hacerlo, pero tengo medios para obligarla.
Nora.— ¿No pensará contarle a mi marido que le debo dinero?
Krogstad.— Mmm, ¿y si se lo contara?
Nora.— Sería muy ruin por su parte. *(Al borde del llanto.)* Que fuera a enterarse de este secreto, que es mi alegría y mi orgullo, de un modo tan tonto y tan feo... que fuera a enterarse por usted... Quiere causarme unas contrariedades tremendas...
Krogstad.— ¿Solo contrariedades?
Nora *(con vehemencia)*.— Pues nada, adelante; peor para usted. Así mi marido se enterará del tipo de persona que es usted en realidad y entonces sí que perderá su puesto.
Krogstad.— Le he preguntado si solo tenía miedo por las contrariedades domésticas.

NORA.— Si mi marido se entera de esto, le pagará de inmediato lo que todavía se le debe, como es obvio; y ya no tendremos más que ver con usted.
KROGSTAD *(dando un paso hacia ella).—* Escúcheme, señora Helmer. O tiene usted mala memoria o es que no entiende gran cosa de negocios. Voy a tener que explicarle el asunto un poco mejor.
NORA.— ¿Qué quiere decir?
KROGSTAD.— Cuando su marido cayó enfermo, acudió usted a mí para que le prestara mil doscientos escudos.
NORA.— No conocía a ningún otro.
KROGSTAD.— Le prometí conseguirle el dinero...
NORA.— Y así lo hizo.
KROGSTAD.— Le prometí conseguirle el dinero bajo ciertas condiciones. En aquel momento estaba usted tan preocupada por la enfermedad de su marido, y tan empeñada en reunir el dinero para el viaje, que creo que no pensó demasiado en las formalidades. Por eso no estará de más que se las recuerde. En fin, le prometí conseguirle el dinero a cambio de un pagaré que yo mismo redacté.
NORA.— Sí, y que yo firmé.
KROGSTAD.— Bien. Pero al final añadí unas líneas por medio de las cuales su padre avalaba la deuda. Esas líneas iba a firmarlas su padre.
NORA.— ¿Iba...? Pero si las firmó.
KROGSTAD.— Yo había dejado la fecha en blanco; esto es, su padre introduciría la fecha cuando firmara el papel. ¿Lo recuerda la señora?
NORA.— Sí, creo que...
KROGSTAD.— Después le entregué el pagaré para que usted se lo enviara por correo a su padre. ¿No fue así?
NORA.— Sí.

KROGSTAD.— Y naturalmente fue eso lo que hizo, de inmediato, porque al cabo de cinco o seis días me trajo de vuelta el pagaré con la firma de su padre. Y entonces le di a usted el dinero.
NORA.— Bueno, ¿y no lo he ido devolviendo escrupulosamente?
KROGSTAD.— Desde luego que sí. Pero... volvamos a lo que estábamos hablando... Debió de ser una época muy dura para usted, ¿no, señora?
NORA.— Sí que lo fue.
KROGSTAD.— Tengo entendido que su padre estaba muy enfermo.
NORA.— Agonizaba.
KROGSTAD.— ¿Murió al poco tiempo?
NORA.— Sí.
KROGSTAD.— Dígame, señora Helmer, ¿no recordará usted el día en que murió su padre? Me refiero a la fecha.
NORA.— Papá murió el 29 de septiembre.
KROGSTAD.— Exacto, lo he comprobado. Y por eso pasa aquí algo extraño... *(saca un papel)* que no soy capaz de explicarme.
NORA.— ¿Algo extraño? No sé...
KROGSTAD.— Lo extraño, señora, es que su padre firmó este pagaré tres días después de morir.
NORA.— ¿Cómo? No entiendo...
KROGSTAD.— Su padre murió el 29 de septiembre. Pero mire aquí. Ha fechado su firma el 2 de octubre. ¿No le parece extraño, señora?

(Nora calla.)

KROGSTAD.— ¿Me lo puede explicar?

(Nora sigue callada.)

KROGSTAD.— También resulta llamativo que las palabras «2 de octubre» y el año no estén escritas con la letra de su padre, sino con otra letra que tengo la impresión de reconocer. En fin, eso siempre se puede explicar: quizá su padre olvidara fechar la firma y más tarde alguien lo hizo al tuntún, antes de conocer la fecha de defunción. No hay nada de malo en ello. Lo que cuenta es la firma. Y esa sí que es auténtica, ¿verdad, señora Helmer? Realmente fue su padre quien escribió aquí su nombre, ¿verdad?

NORA *(tras una breve pausa, alza la barbilla y lo mira desafiante).*— No, no fue él. Fui yo la que escribió el nombre de papá.

KROGSTAD.— Escuche, señora... ¿Se da cuenta de lo peligrosa que es esta confesión?

NORA.— ¿Por qué? No tardará en recibir su dinero.

KROGSTAD.— Permítame que le haga una pregunta... ¿Por qué no envió el pagaré a su padre?

NORA.— Era imposible. Papá estaba enfermo. Si le hubiera pedido su firma, tendría que haberle contado también para qué era el dinero. Pero, claro, con lo mal que estaba, no podía decirle que la vida de mi marido corría peligro. Eso era imposible, evidentemente.

KROGSTAD.— Pues entonces habría sido mejor renunciar a ese viaje al extranjero.

NORA.— No, eso era imposible. Ese viaje iba a salvarle la vida a mi marido. No podía renunciar.

KROGSTAD.— ¿Pero no pensó en que me estaba engañando...?

NORA.— No podía permitirme reparar en eso, de ninguna manera. Y además usted no me importaba lo más mínimo. De hecho no le soportaba porque me estaba poniendo muchas pegas... aun sabiendo lo mal que estaba mi marido.

Krogstad.— Señora Helmer, es evidente que no tiene usted una idea muy clara del lío en el que se ha metido. Pero le puedo decir que lo que hice yo en su momento no fue ni más ni peor que esto, y acabó destruyendo toda mi posición social.

Nora.— ¿Usted? ¿Pretende hacerme creer que hizo algo valiente para salvar la vida de su mujer?

Krogstad.— Las leyes no preguntan por los motivos de las acciones.

Nora.— Entonces deben de ser muy malas leyes.

Krogstad.— Malas o no... si presento este papel ante los tribunales, usted será juzgada conforme a ellas.

Nora.— No lo creo, de ninguna manera. ¿No iba una hija a tener derecho a ahorrarle a su viejo padre preocupaciones e inquietudes en su lecho de muerte? ¿No iba una esposa a tener derecho a salvar la vida de su marido? No conozco bien las leyes, pero no me cabe duda de que en algún sitio debe poner que esas cosas se permiten. ¿Y usted no lo sabe siendo abogado? Debe de ser un mal jurista, señor Krogstad.

Krogstad.— Puede ser. Pero los negocios... este tipo de negocios que usted y yo nos traemos entre manos... ¿De esto sí que creerá que entiendo? Bien. Haga usted como quiera. Pero una cosa le digo: si se me expulsa por segunda vez, usted me hará compañía. *(Se despide y sale por el recibidor.)*

Nora *(se queda un rato pensativa, luego alza la barbilla).—* ¡Mira que...! ¡Pretender asustarme! Tan ingenua tampoco soy. *(Empieza a recoger la ropa de los niños; no tarda en detenerse.)* ¿Pero...? No, ¡eso es imposible! Si lo hice por amor.

Los niños *(en la puerta de la izquierda).—* Mamá, el señor ha salido del portal.
Nora.— Sí, ya lo sé. Pero no le habléis a nadie del señor. ¿Me oís? ¡Ni siquiera a papá!
Los niños.— No, mamá. Pero ¿volvemos a jugar?
Nora.— No, no. Ahora no.
Los niños.— Pero, mamá, si nos lo habías prometido.
Nora.— Ya, pero ahora no puedo. Salid, tengo mucho que hacer. Salid, salid, queridos, preciosos.

(Los empuja con cuidado hacia la habitación y cierra la puerta a sus espaldas.)

Nora *(se sienta en el sofá, coge un bordado y da algunas puntadas, pero no tarda en atascarse).—* ¡No! *(Arroja el bordado a un lado, se levanta, se acerca a la puerta del recibidor y grita:)* ¡Helene! Hay que meter el árbol. *(Se acerca a la mesa de la izquierda y abre el cajón; vuelve a pararse.)* ¡No! ¡Pero si es completamente imposible!
Criada *(con el abeto).—* ¿Dónde lo dejo, señora?
Nora.— Ahí, en medio de la habitación.
Criada.— ¿Quiere que le traiga algo más?
Nora.— No, gracias. Tengo lo que necesito.

(La criada, que ya ha dejado el árbol, se retira.)

Nora *(adornando el árbol).—* Aquí pongo las velas... y aquí las flores... ¡Qué persona tan detestable! ¡Bobadas, bobadas! No pasa nada. El árbol va a quedar precioso. Haré todo lo que te apetezca, Torvald... cantaré para ti, bailaré...

(Helmer, con un montón de papeles bajo el brazo, llega de fuera.)

NORA.— ¡Ah! ¿Ya estás de vuelta?
HELMER.— Sí. ¿Ha venido alguien?
NORA.— ¿Aquí? No.
HELMER.— Qué raro. He visto a Krogstad salir por el portal.
NORA.— ¿Sí? Ah, sí, es verdad. Krogstad se ha pasado un momento.
HELMER.— Nora, no me engañas. Ha estado aquí para pedirte que intercedas por él.
NORA.— Sí.
HELMER.— ¿Y se suponía que ibas a hacerlo por iniciativa propia? Ibas a callarte que ha estado aquí. ¿A que te ha pedido eso también?
NORA.— Sí, Torvald, pero...
HELMER.— Nora, Nora, ¿cómo has podido prestarte a eso? ¡Consentir en hablar con una persona así y prometerle algo! ¡Y para colmo faltarme a la verdad!
NORA.— ¿Faltarte a la verdad?
HELMER.— ¿No me has dicho que no había venido nadie? *(La amenaza con el dedo.)* Que mi pajarillo cantor no vuelva a hacerme esto nunca. Un pájaro cantarín tiene que tener el pico bien limpio para poder trinar y no hacer falsetes. *(La coge por la cintura.)* ¿No es así? Ya decía yo... *(La suelta.)* Bien, no hablemos más del asunto. *(Se sienta ante la estufa.)* Ay, qué acogedor y qué agradable está esto. *(Hojea sus papeles.)*
NORA *(atareada con el árbol, tras una breve pausa).—* ¡Torvald!
HELMER.— Sí.
NORA.— No sabes la ilusión que me hace la fiesta de disfraces en casa de los Stenborg, pasado mañana.
HELMER.— Y tú no sabes la curiosidad que tengo por ver con qué me vas a sorprender.
NORA.— Ay, qué idea tan tonta.
HELMER.— ¿Y eso?

NORA.— No se me ocurre nada; todo me queda tan bobo, tan anodino...
HELMER.— ¿La pequeña Nora ha llegado a esa conclusión?
NORA *(detrás de su silla, con los brazos apoyados sobre el respaldo).—* ¿Estás muy ocupado, Torvald?
HELMER.— Bueno...
NORA.— ¿Qué papeles son estos?
HELMER.— Cosas del banco.
NORA.— ¿Ya?
HELMER.— He pedido a la dirección saliente que me otorgue poderes para llevar a cabo los cambios necesarios en el personal y en el plan de negocios. Tengo que aprovechar la semana de Navidad para eso. Quiero tenerlo todo listo para Año Nuevo.
NORA.— Así que por eso el pobre Krogstad.
HELMER.— Mmm.
NORA *(todavía apoyada sobre el respaldo de la silla, le acaricia despacio el pelo de la nuca).—* Si no estuvieras tan ocupado, te pediría un inmenso favor, Torvald.
HELMER.— Dime. ¿Qué podría ser?
NORA.— Nadie tiene tan buen gusto como tú... Y como quisiera estar tan guapa para la fiesta de disfraces... Torvald, ¿no podrías hacerte cargo y decidir de qué voy a ir y cómo ha de ser mi disfraz?
HELMER.— Ya veo, así que andas buscando un hombre que te salve, ¿eh, caprichosa?
NORA.— Sí, Torvald, no me apaño sin tu ayuda.
HELMER.— Bien, bien, pensaré en el asunto; seguro que encontramos remedio.
NORA.— Ay, qué amable eres. *(Se acerca al árbol, pausa.)* Qué bien quedan las flores rojas... Pero, dime, ¿realmente es tan grave el delito que cometió Krogstad?

HELMER.— Firmar en falso. ¿Tienes idea de lo que significa eso?
NORA.— ¿No puede haberlo hecho por necesidad?
HELMER.— Sí, o por imprudencia, como tantos otros. No soy tan despiadado como para juzgar de inmediato a un hombre por una única acción.
NORA.— ¿Verdad que no, Torvald?
HELMER.— Mucha gente se recupera moralmente cuando reconoce su falta y soporta su castigo.
NORA.— ¿Su castigo...?
HELMER.— Pero ese no fue el camino que tomó Krogstad; él se libró por medio de trucos y engaños, y eso es lo que lo ha derrumbado moralmente.
NORA.— ¿Crees que eso podría...?
HELMER.— Basta pensar en lo mucho que tiene que mentir, engatusar y fingir a diestro y siniestro una persona así, consciente de su culpa. Lleva máscara hasta delante de sus seres más íntimos, en fin, incluso delante de su propia esposa y de sus hijos. Y esto de los hijos, esto es lo peor, Nora.
NORA.— ¿Por qué?
HELMER.— Porque semejante atmósfera de mentiras contagia e infecta toda vida en una casa. Cada bocanada de aire que respiran los niños en una casa así, está cargada de las semillas de algo feo.
NORA *(se acerca más a él).*— ¿Estás seguro de eso?
HELMER.— Ah, querida, como abogado lo veo constantemente. Casi todos los que se descarrían a una edad temprana han tenido madres mentirosas.
NORA.— ¿Y por qué solo... madres?
HELMER.— Lo más común es que venga de las madres, pero los padres ejercen una influencia parecida, como es obvio; eso lo sabe perfectamente cualquier abogado.

Y aun así, el tal Krogstad lleva años envenenando a sus propios hijos con mentiras y omisiones; por eso digo que está muy deteriorado moralmente. *(Tiende las manos hacia ella.)* Y por eso mismo, mi preciosa Norita, me vas a prometer no defender su causa. Dame tu palabra y estréchame la mano. Vamos, vamos, ¿qué pasa? Estréchame la mano. Ea, ya está decidido. Te aseguro que me hubiera resultado imposible trabajar con él; la presencia de este tipo de personas me produce un auténtico malestar físico.

Nora *(retira la mano y camina hasta el otro lado del árbol).—* Qué calor hace aquí. Con todo lo que tengo que hacer...

Helmer *(se levanta y recoge sus papeles).—* Sí, yo también voy a tener que leer un poco antes de cenar. Y además pensaré en tu disfraz. Quizá incluso encuentre algo que colgar del árbol, envuelto en papel dorado. *(Posa la mano sobre la cabeza de ella.)* Ay, mi bendito pajarillo cantor.

(Se dirige a su despacho y cierra la puerta tras de sí.)

Nora *(en voz baja, al cabo de una pausa).—* ¡Vamos! Que no, que es imposible. Tiene que ser imposible.

Niñera *(en la puerta de la izquierda).—* Los pequeños preguntan si pueden ver a su mamá.

Nora.— No, no, no. ¡No les dejes venir conmigo! Quédate tú con ellos, Anne-Marie.

Niñera.— Está bien, señora. *(Cierra la puerta.)*

Nora *(pálida de miedo).—* ¡Corromper a mis hijitos...! ¿Envenenar el hogar? *(Breve pausa, alza la barbilla.)* Eso no es verdad. Nunca en la vida será verdad.

SEGUNDO ACTO

(El mismo salón. En el rincón junto al piano, está el árbol de Navidad, despojado y con las velas consumidas. La ropa de abrigo de Nora está sobre el sofá.) (Nora, sola en el salón, deambula inquieta; al final, se para junto al sofá y coge el abrigo.)

NORA *(vuelve a soltar el abrigo).—* ¡Ha llegado alguien! *(Hacia la puerta, escucha.)* No... no era nadie. Claro... hoy no viene nadie, es Navidad. Y mañana tampoco... Pero quizá... *(Abre la puerta y mira hacia fuera.)* No, no hay nada en el buzón; está completamente vacío. *(Se mueve por la sala.)* ¡Bah, qué tontería! No se atreverá a hacerlo. Esas cosas no pasan. Es imposible. Al fin y al cabo tengo tres niños pequeños.

(La niñera sale de la habitación a la izquierda con una gran caja de cartón.)

NIÑERA.— Bueno, por fin he encontrado la caja de los disfraces.
NORA.— Gracias, déjala en la mesa.
NIÑERA *(lo hace).—* Pero la verdad es que están bastante estropeados.
NORA.— ¡Ojalá pudiera romperlos en mil pedazos!
NIÑERA.— Jesús, que se pueden arreglar perfectamente. Solo hace falta paciencia.
NORA.— Sí, saldré a buscar a la señora Linde para que me ayude.

NIÑERA.— ¿Va a salir otra vez? ¿Con el mal tiempo que hace? La señora Nora se va a resfriar... se pondrá enferma.
NORA.— Bueno, eso no sería lo peor... ¿Cómo están los niños?
NIÑERA.— Pobres criaturas, están jugando con los regalos de Navidad, pero...
NORA.— ¿Preguntan mucho por mí?
NIÑERA.— Es que su mamá los tiene muy mimados.
NORA.— Ya, Anne-Marie, pero a partir de ahora no puedo pasar tanto tiempo con ellos como antes.
NIÑERA.— Bueno, los niños pequeños se acostumbran a todo.
NORA.— ¿Tú crees? ¿Crees que se olvidarían de su mamá si desapareciera del todo?
NIÑERA.— ¡Jesús, desaparecer del todo!
NORA.— Escucha, Anne-Marie, dime... Me lo he preguntado tantas veces... ¿Cómo pudiste dejar a tu hija con unos desconocidos?
NIÑERA.— Pero si tenía que hacerlo para amamantar a la pequeña Nora.
NORA.— Ya, pero que *quisieras*...
NIÑERA.— ¿Pudiendo conseguir un puesto tan bueno? Cuando una chica pobre cae en desgracia tiene que darse por contenta. Porque aquel bribón no hizo nada por mí.
NORA.— Pero tu hija te ha olvidado.
NIÑERA.— Desde luego que no. Me escribió tanto al confirmarse como al casarse.
NORA *(se agarra a su cuello)*.— Mi vieja Anne-Marie, fuiste una buena madre para mí, cuando era pequeña.
NIÑERA.— Es que la pobrecita Nora no tenía más madre que yo.

Nora.— Y si los pequeños no tuvieran a nadie, sé que tú... Bobadas, bobadas. *(Abre la caja.)* Ve con ellos. Ahora tengo que... Ya verás, mañana voy a estar guapísima.

Niñera.— Sí, seguro que nadie en todo el baile estará más guapa que la señora Nora.

(Sale a la habitación de la izquierda.)

Nora *(empieza a sacar las prendas de la caja, pero no tarda en tirarlo todo a un lado).—* Ay, si me atreviera a salir. Si no viniera nadie... Si no pasara nada aquí mientras estoy fuera. Qué bobadas digo, aquí no va a venir nadie. Tengo que dejar de darle vueltas a la cabeza. A cepillar el manguito. Qué guantes tan preciosos, preciosos. ¡Quítatelo de la cabeza, quítatelo! Uno, dos, tres, cuatro, cinco, seis... *(Chilla.)* Ay, ahí viene... *(Quiere dirigirse a la puerta, pero se queda indecisa.)*

(La señora Linde entra desde el recibidor, donde ha dejado la ropa de abrigo.)

Nora.— Ah, eres tú, Kristine. No habrá venido nadie más, ¿no? Cómo me alegro de verte.

Sra. Linde.— Me han dicho que has preguntado por mí.

Nora.— Sí, pasaba por delante. Tienes que ayudarme con una cosa, por favor. Vamos a sentarnos aquí en el sofá. Mira. Mañana por la tarde se celebra una fiesta de disfraces aquí arriba, en casa del cónsul Stenborg, y ahora Torvald quiere que vaya de pescadora napolitana y que baile la tarantela, porque resulta que aprendí a bailarla en Capri.

Sra. Linde.— Vaya, vaya. ¿Así que vas a hacer toda una función?

NORA.— Sí, Torvald dice que debo. Mira, aquí tengo el disfraz; Torvald encargó que me lo hicieran allí, en el Sur, pero ahora está todo hecho jirones y no tengo ni idea de cómo...

SRA. LINDE.— Ah, esto lo arreglamos en un periquete; son solo los adornos, que se han descosido por aquí y por allá. ¿Aguja e hilo? Bien, tenemos todo lo que necesitamos.

NORA.— Ay, qué amable eres.

SRA. LINDE *(cosiendo)*.— Así que mañana te disfrazas, ¿eh, Nora? ¿Sabes qué? Entonces me pasaré un momento para verte arreglada. Uy, pero si se me ha pasado completamente darte las gracias por la agradable velada de ayer.

NORA *(se levanta y deambula por la habitación)*.— Ayer no me pareció que esto estuviera tan agradable como de costumbre... Tendrías que haber llegado a la ciudad un poco antes, Kristine... Aunque sin duda Torvald sabe cómo hacer para que la casa esté fina y bonita.

SRA. LINDE.— No más que tú, supongo; por algo eres hija de tu padre. Pero, dime: ¿El doctor Rank está siempre tan abatido como ayer?

NORA.— No, ayer resultaba muy llamativo. Pero la verdad es que sobrelleva una enfermedad muy peligrosa. Tiene la médula consumida,[8] el pobre. Te voy a decir algo, su padre era un hombre repugnante que tenía amantes y cosas así, como consecuencia el hijo padece mala salud desde pequeño, ¿entiendes?

SRA. LINDE *(deja caer la labor)*.— Pero, mi queridísima Nora, ¿dónde aprendes esas cosas?

---

[8] Se refiere al *tabes dorsal*, una degeneración de la médula espinal que suele ser consecuencia de la sífilis. *(N. de la T.)*

Nora *(se pasea).—* Bah... cuando tienes tres hijos, a veces te visitan... señoras que son medio médicas; y, claro, te cuentan alguna que otra cosa.
Sra. Linde *(vuelve a coser; breve silencio).—* ¿El doctor Rank viene todos los días a esta casa?
Nora.— Todos los santos días. Al fin y al cabo es el mejor amigo de juventud de Torvald, y también es buen amigo mío. Como si fuera de la casa.
Sra. Linde.— Pero, dime: ¿Ese hombre es honesto? Quiero decir, ¿no es de los que le dicen a la gente lo que quiere oír?
Nora.— No, al contrario. ¿Cómo se te ha ocurrido eso?
Sra. Linde.— Ayer, cuando me lo presentaste, dijo que había oído mi nombre muchas veces en esta casa; pero luego me fijé en que tu marido no tenía la menor idea de quién era yo. Entonces ¿cómo es que el doctor Rank...?
Nora.— Es que es así, Kristine. Como Torvald me quiere tantísimo, quisiera que fuera solo suya, como dice él. Al principio tenía la impresión de que se ponía celoso en cuanto mencionaba a alguien de allá, de la gente de casa a la que quiero. Así que dejé de hacerlo, claro. Pero con el doctor Rank hablo a menudo de esas cosas, porque, verás, él está encantado de escucharlas.
Sra. Linde.— Óyeme, Nora, en muchos sentidos sigues siendo una niña; soy bastante mayor que tú y tengo algo más de experiencia, ¿sabes...? Quiero decirte algo: Deberías ir abandonando ese asunto con el doctor Rank.
Nora.— ¿Qué debería abandonar?
Sra. Linde.— Tanto lo uno como lo otro, diría yo. Ayer hablaste de un rico admirador que te iba a conseguir el dinero...

NORA.— Sí, de uno que no existe... lamentablemente. ¿Y qué?
SRA. LINDE.— ¿El doctor Rank tiene dinero?
NORA.— Sí que lo tiene.
SRA. LINDE.— ¿Y nadie a su cargo?
NORA.— A nadie, pero...
SRA. LINDE.— ¿Y viene todos los días a esta casa?
NORA.— Sí, ya te lo he dicho.
SRA. LINDE.— Pero ¿cómo puede un hombre elegante ser tan insistente?
NORA.— No entiendo una palabra de lo que estás diciendo.
SRA. LINDE.— No finjas, Nora. ¿Crees que no me he dado cuenta de quién te prestó los mil doscientos escudos?
NORA.— ¿Te has vuelto completamente loca? ¿Cómo puedes pensar algo así? ¡Un amigo nuestro que viene a casa todos los días! Se hubiera generado una situación incomodísima...
SRA. LINDE.— Entonces ¿de verdad que no es él?
NORA.— No, te lo aseguro. Ni por un momento se me ha pasado por la cabeza... Y además, en aquel momento tampoco tenía dinero; no heredó hasta más tarde.
SRA. LINDE.— Bueno, pues creo que eso fue una suerte para ti, mi querida Nora.
NORA.— No, nunca se me pasaría por la cabeza pedir al doctor Rank... Aunque la verdad es que estoy bastante segura de que si lo hiciera...
SRA. LINDE.— Pero, naturalmente, no lo vas a hacer.
NORA.— Naturalmente que no. No creo... no me imagino que llegue a hacer falta. Pero estoy bastante segura de que si hablara con el doctor Rank...
SRA. LINDE.— ¿A espaldas de tu marido?
NORA.— Tengo que salir de lo otro, eso también es a sus espaldas. Tengo que salir de esto.

SRA. LINDE.— Sí, sí, eso mismo te dije yo ayer, pero...
NORA *(camina de acá para allá).*— Un hombre sabe arreglar estas cosas mucho mejor que una mujer...
SRA. LINDE.— Cuando es el hombre de una, sí, su marido.
NORA.— Qué tonterías digo. Cuando se paga todo lo que se debe, se recupera el pagaré, ¿no?
SRA. LINDE.— Claro, se da por sentado.
NORA.— Y luego puedes romper el asqueroso papel en cien mil pedazos y prenderle fuego...
SRA. LINDE *(la mira severamente, deja a un lado la labor y se levanta despacio).*— Nora, me estás ocultando algo.
NORA.— ¿Se me nota?
SRA. LINDE.— Te ha sucedido algo desde ayer por la mañana. Nora, ¿qué ha pasado?
NORA *(camina hacia ella).*— ¡Kristine! *(Aguza oído.)* ¡Chis! Torvald acaba de volver. Mira, métete un rato en el cuarto de lo niños. Torvald no soporta ver labores de costura. Dile a Anne-Marie que te ayude.
SRA. LINDE *(recogiendo algunas de las cosas).*— Está bien, pero no me voy de aquí hasta que hablemos de esto con franqueza.

(Sale por la izquierda, al mismo tiempo que Helmer entra desde el recibidor.)

NORA *(va a su encuentro).*— Ay, querido Torvald, cuánto te he echado de menos.
HELMER.— ¿Era la costurera...?
NORA.— No, era Kristine, que me está ayudando a arreglar el disfraz. Ya verás lo bien que me queda.
HELMER.— Sí, ¿a que he tenido una idea bastante buena?
NORA.— ¡Magnífica! Pero ¿a que yo también soy buena por complacerte?

HELMER *(la coge por debajo de la barbilla).—* ¿Buena... por complacer a tu marido? Vamos, vamos, locuela, ya sé que no querías decir eso. Pero no quiero interrumpirte, supongo que tendrás que probarte la ropa.

NORA.— Y supongo que tú tendrás que trabajar.

HELMER.— Sí. *(Le muestra el montón de papeles.)* Mira. He estado en el banco... *(Quiere dirigirse a su despacho.)*

NORA.— Torvald.

HELMER *(se para).—* Sí.

NORA.— ¿Si tu ardillita te pidiera algo de un modo verdaderamente hermoso...?

HELMER.— ¿Qué?

NORA.— ¿Lo harías?

HELMER.— Primero tendría que saber de qué se trata, naturalmente.

NORA.— Si fueras bueno y complaciente, la ardilla correría por ahí haciendo cabriolas.

HELMER.— Suéltalo, anda.

NORA.— La alondra gorjearía por los salones, por todas partes...

HELMER.— Ah, bueno, eso ya lo hace la alondra de todos modos.

NORA.— Jugaría a ser como un hada y bailaría para ti a la luz de la luna, Torvald.

HELMER.— Nora... ¿Supongo que no te estarás refiriendo a lo de esta mañana?

NORA *(acercándose).—* Sí, Torvald. ¡Te lo ruego humildemente!

HELMER.— ¿De verdad tienes valor para remover de nuevo ese asunto?

NORA.— Sí, sí, *tienes* que complacerme. *Tienes* que dejar que Krogstad conserve su puesto en el banco.

Helmer.— Mi querida Nora, está decidido que su puesto sea para la señora Linde.
Nora.— Sí, lo cual muestra tu inmensa bondad; pero siempre podrías despedir a otro oficinista, en vez de a Krogstad.
Helmer.— Pero ¡qué terca eres! ¡Es increíble! Vas y prometes interceder por él, sin pensártelo dos veces, ¡y por eso tendría yo que...!
Nora.— No es por eso, Torvald. Es por ti. Este hombre escribe en los periódicos más sucios; tú mismo lo has dicho. Te puede hacer mucho, muchísimo daño... Le tengo un miedo de muerte...
Helmer.— Ah, ya entiendo; te están asustando los viejos recuerdos.
Nora.— ¿Qué quieres decir con eso?
Helmer.— Estás pensando en tu padre, claro.
Nora.— Sí, eso, sí. Recuerda lo que aquellos malvados escribieron sobre papá en los periódicos, cómo lo calumniaron, fue espantoso. Creo que habrían conseguido que lo destituyeran si el ministerio no te hubiera enviado a comprobarlo, y si tú no hubieras sido tan amable y le hubieras ayudado tanto.
Helmer.— Mi pequeña Nora, hay una diferencia importante entre tu padre y yo. Él no era un intachable servidor público. Pero yo sí lo soy, y espero seguir siéndolo mientras conserve mi puesto.
Nora.— Ay, quién sabe de qué es capaz la gente malvada. Y ahora que podríamos estar tan bien, tan tranquilos y felices en este hogar nuestro tan apacible, sin la menor preocupación... ¡Tú y yo y los niños, Torvald! Por eso te pido encarecidamente...
Helmer.— Y justamente al pedir por él, haces que me sea imposible conservarlo. En el banco ya se sabe que

quiero despedir a Krogstad. ¿Y ahora pretendes que se diga que el nuevo director se deja influenciar por su mujer...?
NORA.— Sí, ¿y qué?
HELMER.— No, claro, con tal de salirte con la tuya, pequeña testaruda... yo tendría que ponerme en ridículo ante todo el personal... dejar que la gente pensara que me dejo influenciar por cualquier presión externa... Pues espera sentada. ¡No tardaría en sentir las consecuencias! Y encima... se da una circunstancia que me imposibilita por completo tener a Krogstad en el banco, mientras yo sea el director.
NORA.— ¿Y cuál es?
HELMER.— En caso de necesidad, tal vez podría ignorar su tara moral...
NORA.— ¿Verdad que sí, Torvald?
HELMER.— Y además tengo entendido que es bastante eficiente. Pero resulta que nos conocimos de jóvenes, una de esas relaciones precipitadas que tanto te incomodan más adelante en la vida. Bueno, te lo contaré abiertamente: nos tuteamos. Y el hombre tiene la desfachatez de no ocultarlo en absoluto delante de la gente. Al contrario... cree que le legitima a usar un tono familiar conmigo, y cada dos por tres empieza a pavonearse diciendo cosas como: «Oye, tú, Helmer». Te aseguro que me resulta muy incómodo. Acabaría haciéndome insoportable mi puesto en el banco.
NORA.— Torvald, esto no lo dices en serio.
HELMER.— Vaya, ¿y por qué no?
NORA.— Pues no, porque esto no son más que consideraciones mezquinas.
HELMER.— ¿Qué estás diciendo? ¿Mezquino? ¡Te parezco mezquino!

Nora.— No, al contrario, querido Torvald; y justamente por eso...
Helmer.— Es igual, estás diciendo que mis motivos son mezquinos; así que yo también debo de serlo. ¡Mezquino! ¡Vaya! En fin, esto se va a acabar, te lo aseguro. *(Avanza hasta el recibidor y grita:)* ¡Helene!
Nora.— ¿Qué quieres?
Helmer *(rebuscando entre sus papeles)*.— Una decisión.

(Entra la criada.)

Helmer.— Mira, coge esta carta y llévatela enseguida. Busca a un recadero para que la entregue. Pero deprisa. Lleva la dirección por fuera. Mira, ahí hay dinero.
Criada.— Bien.

(Sale con la carta.)

Helmer *(reúne sus papeles)*.— Ea, ya está, pequeña doña testaruda.
Nora *(sin aliento)*.— Torvald... ¿Qué carta era esa?
Helmer.— El despido de Krogstad.
Nora.— ¡Recupérala, Torvald! Todavía estamos a tiempo. ¡Ay, Torvald, recupérala! Hazlo por mí... por ti... ¡Por los niños! ¿Me oyes, Torvald? Hazlo. No sabes lo que esto nos puede acarrear a todos.
Helmer.— Demasiado tarde.
Nora.— Sí, demasiado tarde.
Helmer.— Querida Nora, te perdono esta angustia que sientes, aunque en el fondo resulte ofensiva. ¡Sí que lo es! ¿O no es ofensivo que pienses que yo podría tenerle miedo a la venganza de un picapleitos acabado? Pero te lo perdono a pesar de todo, porque es bello testimonio del gran amor que me profesas. *(La coge en sus brazos.)*

Así ha de ser, querida. Y que ahora pase lo que tenga que pasar. Créeme, llegado el momento de la verdad, no me faltarán ni el valor ni las fuerzas. Ya verás como soy hombre para cargar con todo.

NORA *(aterrorizada).—* ¿Qué quieres decir con eso?

HELMER.— Con todo, te digo...

NORA *(serena).—* Eso no debes hacerlo nunca, en la vida.

HELMER.— Bien, pues entonces compartiremos la carga, Nora... como marido y mujer. Así debe ser. *(Le hace una carantoña.)* ¿Estás contenta? Ea, ea, ea; no me pongas ojitos. Todo esto no son más que imaginaciones tuyas... Ahora te pones a repasar la tarantela y ensayas con la pandereta, y yo me meto en el despacho y cierro la puerta, y así no oigo nada; podrás hacer todo el ruido que quieras. *(Se gira en la puerta.)* Y cuando venga Rank, le dices dónde puede encontrarme.

(La saluda con la cabeza, se mete en el despacho con sus papeles y cierra la puerta.)

NORA *(pasmada de angustia, clavada al suelo, susurra).—* Es capaz de hacerlo. Lo hará. Lo hará a costa de cualquier cosa... ¡No, nunca en la vida esto! ¡Antes cualquier cosa! ¡Socorro...! Una salida... *(Llaman a la puerta del recibidor.)* ¡El doctor Rank...! ¡Cualquier cosa antes que esto! ¡Sea lo que sea!

(Se pasa la mano por la cara, se sobrepone, se dirige a la puerta del recibidor y la abre. El doctor Rank está colgando su abrigo de piel. En lo que sigue empieza a anochecer.)

NORA.— Buenas tardes, doctor Rank. Le he reconocido por la forma de llamar. Pero no debe entrar a ver a Torvald ahora, creo que tiene algo que hacer.

Rank.— ¿Y usted?
Nora *(en el momento en que entran en el salón y ella cierra la puerta a sus espaldas).*— Ah, ya sabe... para usted siempre tengo un rato.
Rank.— Y yo se lo agradezco. Me aprovecharé de ello mientras pueda.
Nora.— ¿Qué quiere decir con eso? ¿Mientras pueda?
Rank.— Sí. ¿La estoy espantando?
Nora.— En fin, es una manera un tanto particular de expresarse. ¿Es que va a pasar algo?
Rank.— Va a pasar aquello para lo que llevo tanto tiempo preparado. Aunque lo cierto es que no pensaba que fuera a ocurrir tan pronto.
Nora *(lo agarra del brazo).*— ¿De qué se ha enterado? Doctor Rank, ¡dígamelo!
Rank *(se sienta junto a la estufa).*— Lo mío va cuesta abajo. No hay nada que hacer.
Nora *(suspira aliviada).*— ¿Se trata de usted?
Rank.— ¿De quién si no? De nada sirve mentirse a sí mismo. Soy el más miserable de todos mis pacientes, señora Helmer. Estos días he llevado a cabo un balance general de mi estado interno. Bancarrota. Antes de que pase un mes, puedo estar pudriéndome en el cementerio.
Nora.— Qué horror, qué cosas tan feas dice.
Rank.— Es que el asunto también está endiabladamente feo. Pero lo peor es toda la fealdad que vendrá antes. Queda una única prueba por hacer; cuando esté lista, tendré una idea aproximada de cuándo dará comienzo la corrupción. Una cosa quiero decirle. A causa de su delicada naturaleza, Helmer siente una acentuada repulsión hacia todo lo feo. No quiero verlo en mi lecho de muerte...

Nora.— Ay, pero doctor Rank.
Rank.— No quiero tenerlo ahí. De ninguna manera. Le cierro mi puerta... En cuanto tenga certeza sobre lo peor, le enviaré a usted mi tarjeta de visita con una cruz negra, así sabrá que ha dado comienzo la abominable desolación.[9]
Nora.— Vaya, hoy está usted imposible. Y yo que estaba deseando que viniera de buen ánimo...
Rank.— ¿Con la muerte entre las manos? Tener que pagar así la culpa de otro... ¿Qué justicia es esta? Y en todas las familias, de alguna manera, rige el mismo castigo implacable...
Nora *(se tapa los oídos).—* ¡Tonterías! ¡Alegría, alegría!
Rank.— Ya, lo mejor es reírse, sin duda. Mi pobre e inocente columna ha de sufrir por los alegres días de teniente de mi padre.
Nora *(junto a la mesa de la izquierda).—* Sí, porque era adicto a los espárragos y al paté de oca, ¿no es verdad?
Rank.— Sí, y a las trufas.
Nora.— Eso, a las trufas, sí. Y también a las ostras, creo.
Rank.— Eso, eso, a las ostras; por supuesto.
Nora.— Y luego todo ese oporto y ese champán. Es una pena que este tipo de manjares ataquen a la columna.
Rank.— Sobre todo que ataquen a una pobre columna que no ha disfrutado lo más mínimo de ellos.
Nora.— Ay, sí, desde luego que eso es lo más triste.
Rank *(la mira inquisitivamente).—* Mmm...
Nora *(al poco).—* ¿Por qué ha sonreído?
Rank.— Pero si ha sido usted la que se ha reído.
Nora.— Que no, ¡que ha sido usted el que ha sonreído, doctor Rank!

---

[9] Mateo, 24, 15 y 1.º Macabeos, 1, 54. *(N. de la T.)*

Rank *(se levanta).—* Tiene usted más guasa de la que yo creía.
Nora.— Es que hoy me ha dado por hacer locuras.
Rank.— Eso parece.
Nora *(con ambas manos sobre sus hombros).—* Mi querido, querido doctor Rank, usted no se nos va a morir a Torvald y a mí.
Rank.— Ah, no le costaría demasiado sobreponerse. El que se va, no tarda en ser olvidado.
Nora *(lo mira con miedo).—* ¿Eso cree?
Rank.— Se entablan nuevas relaciones y luego...
Nora.— ¿Quién entabla nuevas relaciones?
Rank.— Tanto usted como Helmer, lo harán en cuanto me haya ido. Y usted ya va por buen camino, según me parece. ¿Qué pintaba aquí ayer la tal señora Linde?
Nora.— Ya veo... ¿Supongo que no tendrá celos de la pobre Kristine?
Rank.— Pues sí, los tengo. Será mi sucesora en esta casa. Cuando me llegue la hora, puede que esa mujerona...
Nora.— Chis, no hable tan alto, que está ahí dentro.
Rank.— ¿Hoy también? Lo que yo decía.
Nora.— Es solo para arreglarme el disfraz. Por Dios, está usted imposible. *(Se sienta en el sofá.)* Pórtese bien, doctor Rank, que mañana verá lo bien que bailo. Y se va a imaginar que se lo dedico solo a usted... bueno, y a Torvald, claro... se da por sentado... *(Saca diversas cosas de la caja.)* Doctor Rank, siéntese aquí que le voy a enseñar algo.
Rank *(se sienta).—* ¿Qué es?
Nora.— Mire esto. ¡Mire!
Rank.— Medias de seda.
Nora.— De color carne. ¿A que son preciosas? Bueno, esto está muy oscuro ahora, pero mañana... No, no,

no; solo le permito ver el pie. Bueno, en fin, vea usted también el resto, ¿qué más da?
Rank.— Mmm...
Nora.— ¿A qué viene esa expresión tan crítica? ¿Cree que no me quedarán bien?
Rank.— Es imposible que yo tenga una opinión fundamentada sobre eso.
Nora *(lo mira un momento).*— Avergüéncese. *(Le pega levemente en la oreja con las medias.)* Le está bien empleado. *(Vuelve a guardarlas.)*
Rank.— ¿Y qué otras delicias me va a enseñar?
Nora.— Ya no le enseño nada más, porque está usted muy travieso. *(Canturrea un poco y rebusca entre las cosas.)*
Rank *(tras un breve silencio).*— Cuando me veo así, aquí con usted, con esta confianza, no entiendo... no, no concibo... lo que habría sido de mí si no hubiera llegado a esta casa.
Nora *(sonríe).*— Sí, la verdad es que creo que se encuentra usted bastante a gusto con nosotros.
Rank *(más bajo, mira a su alrededor).*— Y tener que abandonarlo todo...
Nora.— Tonterías, usted no va a abandonar nada.
Rank *(como antes).*— ...y no poder dejar ni una mísera muestra de agradecimiento; apenas un recuerdo efímero... poco más que un hueco que podrá llenar cualquiera.
Nora.— ¿Y si le pidiera...? No...
Rank.— ¿Qué?
Nora.— Una gran prueba de amistad...
Rank.— Claro, claro.
Nora.— No, me refiero a... un favor inmenso...
Rank.— Por una vez, ¿me daría usted esa alegría?
Nora.— Bueno, no tiene ni idea de qué se trata.

Rank.— Está bien, pues dígamelo.
Nora.— No, es que no puedo, doctor Rank; es algo desorbitado... tanto un consejo como una ayuda como un favor...
Rank.— Cuanto más, mejor. No puedo imaginarme a qué se refiere. Pero hable, mujer. ¿Es que no confía en mí?
Nora.— Sí, más que en nadie. Es usted mi mejor amigo y el más leal, bien lo sé. Y por eso mismo se lo voy a decir. De acuerdo, doctor Rank, tiene que ayudarme a evitar una cosa. Ya sabe lo intenso, lo indescriptible, que es el amor que me profesa Torvald; no vacilaría ni un segundo a la hora de dar la vida por mí.
Rank *(inclinado hacia ella)*.— Nora... ¿Cree usted que es el único...?
Nora *(con un leve respingo)*.— ¿Cómo...?
Rank.— Que alegremente daría su vida por usted.
Nora *(con pesadumbre)*.— Ya veo.
Rank.— Me he jurado a mí mismo que se lo diría antes de irme. Nunca encontraría mejor ocasión... Bueno, Nora, pues ya lo sabe. Y por tanto sabe también que puede confiar en mí más que en nadie.
Nora *(se levanta, con calma y tranquilidad)*.— Déjeme pasar.
Rank *(le hace sitio, pero permanece sentado)*.— Nora...
Nora *(en la puerta del recibidor)*.— Helene, trae la lámpara... *(Se dirige a la estufa.)* Ay, querido doctor Rank, esto ha estado muy feo por su parte.
Rank *(se levanta)*.— ¿Haberla amado más que nadie? ¿*Eso* ha estado feo?
Nora.— No, pero que vaya y me lo diga. No hacía ninguna falta...
Rank.— ¿Qué quiere decir? ¿Es que ha sabido...?

(Entra la criada con la lámpara, la deja sobre la mesa y sale.)

Rank.— Nora... señora Helmer... Se lo pregunto, ¿lo ha sabido usted?
Nora.— Ay, ¿qué sé yo lo que he sabido y lo que no? La verdad es que no le podría decir... ¡Pero que haya sido usted tan torpe, doctor Rank! Ahora que estaba todo tan bien.
Rank.— Bueno, al menos ahora tiene la certeza de que estoy a su disposición en cuerpo y alma. Así que hable de una vez.
Nora *(lo mira).*— ¿Después de esto?
Rank.— Se lo suplico, déjeme saber de qué se trata.
Nora.— Nada puede saber ya.
Rank.— Que sí, que sí. No me castigue de esta manera. Déjeme hacer lo humanamente posible por usted.
Nora.— Ya no puede hacer nada por mí... Además, en realidad no necesito ayuda. Ya verá como son solo imaginaciones mías. Desde luego que sí. ¡Claro! *(Se sienta en la mecedora, lo mira, sonríe.)* Vaya caballero fino que está hecho usted, doctor Rank. ¿No se avergüenza un poco ahora que han traído la lámpara?
Rank.— No, la verdad es que no. ¿Pero quizá deba irme... para siempre?
Nora.— Seguirá usted viniendo como hasta ahora, claro. Sabe perfectamente que Torvald no puede pasar sin su compañía.
Rank.— Sí, pero ¿y usted?
Nora.— Bueno, a mí me parece que esto siempre se pone divertidísimo cuando viene.
Rank.— Precisamente eso es lo que me ha confundido. Es usted un enigma para mí. A menudo he tenido la sensación de que tenía las mismas ganas de estar conmigo que con Helmer.

Nora.— Pues sí, verá, al fin y al cabo a ciertas personas se las quiere más y, con otras, casi se tiene más ganas de estar.

Rank.— Ah, sí, algo de razón lleva.

Nora.— Cuando estaba en casa, al que más quería era a papá, claro. Pero siempre me resultaba divertidísimo colarme en la habitación de las chicas; porque ellas no me instruían ni un poquito, y además las conversaciones que tenían eran muy graciosas.

Rank.— Ya veo, así que ha sido a *ellas* a quien he sustituido.

Nora *(se levanta de un salto y corre hacia él).*— Ay, mi querido y buen doctor Rank, no quería decir eso en absoluto. Pero entenderá que con Torvald pasa como con papá...

(La criada entra desde el recibidor.)

Criada.— ¡Señora! *(Susurra y le tiende una tarjeta.)*

Nora *(le echa un vistazo a la tarjeta).*— ¡Ay! *(Se la mete en el bolsillo.)*

Rank.— ¿Pasa algo malo?

Nora.— No, no, no, de ninguna manera; solo que... es mi nuevo disfraz...

Rank.— ¿Cómo? Si su disfraz está ahí.

Nora.— Ah, sí, ese; pero es que hay otro, lo tengo encargado... Torvald no tiene que saberlo...

Rank.— Ya veo, así que ese es el gran secreto.

Nora.— Sí, claro. Vamos, pase a verle, está en su despacho, entreténgalo...

Rank.— Descuide, que no se me va a escapar.

(Se mete en el despacho de Helmer.)

NORA *(a la criada).*— ¿Y está esperando en la cocina?
CRIADA.— Sí, ha subido por la escalera de servicio...
NORA.— ¿Pero no le has dicho que estaba con alguien?
CRIADA.— Sí, pero no ha servido de nada.
NORA.— ¿No quiere marcharse?
CRIADA.— No, no se irá hasta que hable con la señora.
NORA.— Pues entonces que entre, pero sin hacer ruido. Helene, no se lo digas a nadie, es una sorpresa para mi marido.
CRIADA.— Sí, sí, ya entiendo...

(Sale.)

NORA.— Lo espantoso está ocurriendo. Al final sí que ha pasado. No, no, no; no puede pasar; no pasará.

(Se acerca y corre el pasador de la puerta de Helmer.)
(La criada abre la puerta del recibidor a Krogstad y la cierra tras él. El hombre lleva un abrigo de piel, botas de exterior y un gorro de cuero.)

NORA *(se acerca a él).*— Hable en voz baja, mi marido está en casa.
KROGSTAD.— Bueno, me da igual.
NORA.— ¿Qué quiere de mí?
KROGSTAD.— Quiero averiguar una cosa.
NORA.— Pues dese prisa. ¿Qué quiere averiguar?
KROGSTAD.— Supongo que sabrá que he recibido mi despido.
NORA.— No he podido evitarlo, señor Krogstad. He luchado hasta el final, pero no ha servido de nada.
KROGSTAD.— ¿Tan poco cariño le tiene su marido? Sabe el daño que le puedo hacer y aun así se atreve...
NORA.— ¿Cómo puede pensar que se haya enterado de eso?
KROGSTAD.— Ah, ya, bueno, tampoco lo pensaba. No sería propio del bueno de Torvald mostrar tanta hombría...

NORA.— Señor Krogstad, le exijo respeto hacia mi marido.
KROGSTAD.— Jesús, todo el respeto que se merece. Pero dado que la señora está tan temerosa y lo mantiene todo tan oculto, me atrevería a suponer que está un poco más enterada que ayer de lo que ha hecho en realidad, ¿no?
NORA.— Mejor de lo que *usted* podría haberme enseñado nunca.
KROGSTAD.— Sí, un jurista tan malo como yo...
NORA.— ¿A qué ha venido?
KROGSTAD.— Solo quería ver cómo se encontraba, señora Helmer. Llevo todo el día pensando en usted. Un cobrador, un picapleitos, un... en fin, alguien como yo, también tiene algo de eso que la gente llama buen corazón, ¿sabe?
NORA.— Pues demuéstrelo, piense en mis hijos.
KROGSTAD.— ¿Usted y su marido han pensado en los míos? Pero es igual. Solo quería decirle que no debe tomarse este asunto demasiado en serio. En principio no voy a presentar denuncia.
NORA.— Ay, no, ¿verdad que no? Ya decía yo.
KROGSTAD.— Todo este asunto se puede solucionar amistosamente, la gente no tiene por qué enterarse, en absoluto; quedará entre nosotros tres.
NORA.— Mi marido no debe enterarse nunca de esto.
KROGSTAD.— ¿Y cómo piensa impedirlo? ¿Es que puede usted pagar lo que le queda?
NORA.— No, no de inmediato.
KROGSTAD.— ¿O tiene usted manera de reunir el dinero en los próximos días?
NORA.— Ninguna manera que quiera emplear.
KROGSTAD.— Bueno, de todos modos no le hubiera servido de nada. Por mucho dinero que tuviera en su mano, no le daría su documento.

Nora.— Pues explíqueme entonces para qué lo va a usar.
Krogstad.— Solo quiero conservarlo... tenerlo en mi poder. Nadie ajeno al asunto se enterará de nada. Por eso, si tuviera usted en mente algún tipo de salida desesperada...
Nora.— La tengo.
Krogstad.— ...si estuviera pensando en salir corriendo y abandonar su casa...
Nora.— ¡Lo pienso!
Krogstad.— ...o si estuviera planeando algo peor.
Nora.— ¿Cómo lo sabe?
Krogstad.— Pues deje de hacerlo.
Nora.— ¿Cómo puede saber que estoy pensando en *eso*?
Krogstad.— La mayoría pensamos en *eso* al principio. Yo también lo pensé, pero lo cierto es que me faltó valor...
Nora *(sin tono en la voz)*.— A mí también me falta.
Krogstad *(aliviado)*.— ¿Verdad que sí? ¿Verdad que usted tampoco tiene el valor?
Nora.— No lo tengo, no lo tengo.
Krogstad.— Y además sería una enorme tontería. En cuanto haya pasado la primera tormenta familiar... Aquí en el bolsillo traigo una carta para su marido...
Nora.— ¿Y ahí se lo explica todo?
Krogstad.— Con tanta delicadeza como he podido.
Nora *(precipitadamente)*.— No debe recibir esa carta. Rómpala. Encontraré el modo de reunir el dinero.
Krogstad.— Disculpe, señora, pero creía que acababa de decirle...
Nora.— Ay, que no estoy hablando del dinero que le debo. Dígame la suma que le exige a mi marido y conseguiré reunirla.
Krogstad.— No le exijo ningún dinero a su marido.
Nora.— Y entonces ¿qué le exige?

Krogstad.— Se lo diré. Quiero ponerme en pie, señora; quiero subir al cielo; y su marido me va a ayudar a conseguirlo. En año y medio no he hecho nada deshonesto, durante todo este tiempo he luchado en las condiciones más penosas, pero me daba por contento con trabajar para recuperarme paso a paso. Ahora me han expulsado y ya no me conformo simplemente con que se apiaden de mí. Quiero subir al cielo, se lo estoy diciendo. Quiero volver al banco... quiero conseguir una posición mejor. Su marido me va a crear un puesto...

Nora.— ¡Nunca lo hará!

Krogstad.— Lo hará, lo conozco, no se atreverá a rechistar. Y en cuanto vuelva a estar dentro, junto a él... ¡Ya verá! Antes de un año seré la mano derecha del director. Y será Nils Krogstad y no Torvald Helmer quien dirija el Banco de Acciones.

Nora.— ¡Eso no lo verá nunca!

Krogstad.— ¿Quizá quiera usted...?

Nora.— Ahora tengo el valor.

Krogstad.— Ah, no me asusta. Una dama mal acostumbrada como usted...

Nora.— Ya lo verá. ¡Ya lo verá!

Krogstad.— ¿Bajo el hielo, tal vez? ¿En ese agua tan fría y tan negra como el carbón? Para luego salir a flote la primavera que viene; fea, irreconocible, sin pelo...

Nora.— Que no me asusta.

Krogstad.— Usted tampoco me asusta a mí. Esas cosas no se hacen, señora Helmer. Además, ¿de qué le iba a servir? Seguiría teniendo a Helmer en mi poder.

Nora.— ¿Después? ¿Cuando yo ya no...?

Krogstad.— ¿Olvida que su memoria estaría en mis manos?

(Nora se queda mirándolo atónita.)

KROGSTAD.— Bueno, advertida está. Así que no haga tonterías. Cuando Helmer reciba mi carta, esperaré noticias suyas. Y recuerde bien que ha sido su marido quien me ha forzado a retomar esta clase de camino. Nunca se lo perdonaré. Adiós, señora.

(Sale a través del recibidor.)

NORA *(se dirige a la puerta del recibidor, la entorna y escucha).*— Se va. No entrega la carta. ¡Ay, no, no, es que eso sería imposible! *(Abre la puerta más y más.)* ¿Qué pasa? Sigue ahí fuera. No baja las escaleras. ¿Se lo estará pensando? ¿Quizá...?

(Una carta cae al buzón; a continuación se oyen los pasos de Krogstad que bajan por las escaleras.)

NORA *(con un grito mitigado, corre por el salón hacia la mesa del saloncito; breve pausa).*— En el buzón. *(Se acerca de puntillas al recibidor.)* Ahí está. Torvald, Torvald... ¡Ya nada puede salvarnos!

SRA. LINDE *(sale con el disfraz de la habitación de la izquierda).*— Bueno, ya no sé qué más hacerle. ¿Tal vez deberíamos probártelo...?

NORA *(ronca y en voz baja).*— Kristine, ven aquí.

SRA. LINDE *(arroja la ropa sobre el sofá).*— ¿Qué te pasa? Pareces alterada.

NORA.— Ven aquí. ¿Ves esa carta? Mira, *ahí*... A través del cristal del buzón.

SRA. LINDE.— Sí, sí; claro que la veo.

NORA.— Esa carta es de Krogstad...

SRA. LINDE.— Nora... ¡Krogstad es el que te ha prestado el dinero!

Nora.— Sí, y ahora Torvald se va a enterar de todo.
Sra. Linde.— Ay, créeme, Nora, es lo mejor para los dos.
Nora.— Hay más de lo que sabes. He falsificado una firma...
Sra. Linde.— ¡Pero por Dios...!
Nora.— Ahora quiero decirte una cosa, Kristine, tú serás mi testigo.
Sra. Linde.— ¿Testigo de qué? ¿Qué tengo que...?
Nora.— En caso de que perdiera la cabeza... que bien podría ser...
Sra. Linde.— ¡Nora!
Nora.— O si me pasara alguna otra cosa... algo que me impidiera estar presente...
Sra. Linde.— ¡Nora, Nora, pero si estás como trastornada!
Nora.— En caso de que alguien quisiera asumir toda la culpa, ¿entiendes...?
Sra. Linde.— Sí, sí, ¿pero cómo puedes pensar...?
Nora.— Entonces serás testigo de que no es cierto, Kristine. No estoy trastornada, en absoluto; estoy en pleno uso de mis facultades, y te digo: «Nadie sabía nada sobre esto, lo he hecho todo yo sola». Recuérdalo.
Sra. Linde.— Lo recordaré. Pero no lo entiendo.
Nora.— Ay, ¿cómo ibas a entenderlo? Ahora es cuando nos vamos a maravillar.
Sra. Linde.— ¿A maravillar?
Nora.— Sí, a maravillar. Pero es que es horrible, Kristine... No ha de pasar, por nada del mundo.
Sra. Linde.— Voy a ir ahora mismo a hablar con Krogstad.
Nora.— No vayas, ¡te hará algo malo!
Sra. Linde.— Hubo un tiempo en que hubiera hecho cualquier cosa por mí.
Nora.— ¿Krogstad?

Sra. Linde.— ¿Dónde vive?
Nora.— Ay, yo qué sé... Ah, sí. *(Se palpa el bolsillo.)* Aquí está su tarjeta. ¡Pero la carta, la carta...!
Helmer *(desde su despacho, llama a la puerta).*— ¡Nora!
Nora *(chilla angustiada).*— Ay, ¿qué pasa? ¿Qué quieres?
Helmer.— Vamos, vamos, no te asustes tanto, que no podamos salir, has echado el cierre. ¿Es que te estás probando el disfraz?
Nora.— Sí, sí, me lo estoy probando. Voy a estar preciosa, Torvald.
Sra. Linde *(que ha leído la tarjeta).*— Pero si vive a la vuelta de la esquina.
Nora.— Sí, pero será inútil. Ya no hay quien nos salve. La carta está en el buzón.
Sra. Linde.— ¿Y la llave la tiene tu marido?
Nora.— Sí, siempre.
Sra. Linde.— Krogstad tendrá que exigir que le devuelva la carta sin abrir, tendrá que buscarse una excusa...
Nora.— Pero es que justo a estas horas Torvald suele...
Sra. Linde.— Demóralo: ve con él. Vuelvo en cuanto pueda.

(Sale rápidamente por la puerta del recibidor.)

Nora *(se acerca a la puerta de Helmer, la abre y mira dentro).*— ¡Torvald!
Helmer *(en la habitación trasera).*— ¿Qué? ¿Por fin puede uno entrar en su propio salón? Venga, Rank, que vamos a ver... *(En la puerta.)* ¿Pero esto qué es?
Nora.— ¿Qué, querido Torvald?
Helmer.— Rank me había preparado para una fabulosa escena de disfraces.
Rank *(en la puerta).*— Así lo había entendido, pero está claro que me he equivocado.

Nora.— Sí, nadie me verá en todo mi esplendor hasta mañana.
Helmer.— Pero, querida Nora, tienes cara de cansada. ¿Has ensayado demasiado?
Nora.— No, todavía no he ensayado nada.
Helmer.— Pero sería necesario que...
Nora.— Sí, es completamente necesario, Torvald. Pero no puedo hacer nada sin tu ayuda, se me ha olvidado todo.
Helmer.— Bueno, no tardaremos en refrescarlo.
Nora.— Sí, Torvald, hazte cargo, por favor. ¿Me lo prometes? Ay, estoy tan asustada. Una fiesta tan grande... Esta tarde tienes que sacrificarte enteramente por mí. Nada de negocios, ni una pluma en la mano. ¿Qué? ¿A que sí, querido Torvald?
Helmer.— Te lo prometo, esta tarde estaré completamente a tu servicio... criaturita desamparada... Mmm, es verdad, una cosa sí quiero hacer antes... *(Se dirige hacia el recibidor.)*
Nora.— ¿Qué vas a hacer ahí fuera?
Helmer.— Solo quiero ver si ha llegado alguna carta.
Nora.— ¡No, no, no lo hagas, Torvald!
Helmer.— ¿Y ahora qué pasa?
Nora.— Torvald, te lo pido, no hay cartas.
Helmer.— Pero déjame mirar. *(Quiere ir.)*

(Nora, junto al piano, toca los primeros compases de la tarantela.)

Helmer *(junto a la puerta).*— ¡Ajá!
Nora.— No podré bailar, como no ensaye contigo.
Helmer *(se acerca a ella).*— ¿De verdad tienes tanto miedo, querida Nora?
Nora.— Sí, tengo un miedo espantoso. Vamos a ensayar, enseguida, aún hay tiempo antes de cenar. Ay, siéntate

a tocar para mí, querido Torvald, corrígeme, instrúyeme como sueles.

HELMER.— Encantado, será un placer, si así lo quieres.

(Se sienta al piano.)

NORA *(agarra la pandereta y la saca de la caja, al igual que un gran mantón bordado con el que se apresura a cubrirse; a continuación se planta en medio de la habitación de un salto y grita).*— ¡Toca para mí! ¡Ahora quiero bailar!

(Helmer toca y Nora baila; el doctor Rank se coloca junto al piano, detrás de Helmer, y mira.)

HELMER *(tocando).*— Más despacio... más despacio.
NORA.— No puedo hacerlo de otra manera.
HELMER.— ¡No seas tan impetuosa, Nora!
NORA.— Así tendrá que ser.
HELMER *(deja de tocar).*— No, no, esto no funciona en absoluto.
NORA *(se ríe y agita la pandereta).*— ¿No te lo decía yo?
RANK.— Déjame tocar para ella.
HELMER *(se levanta).*— Sí, adelante, así podré instruirla mejor.

(Rank se sienta junto al piano y toca, Nora baila y cada vez está más salvaje. Helmer se ha situado junto a la estufa y le dirige constantemente comentarios correctivos; ella no parece oírlo, se le suelta el pelo y la melena le cae sobre los hombros; ni siquiera se da cuenta, sino que sigue bailando.
Entra la señora Linde.)

SRA. LINDE *(junto a la puerta, como sin habla).*— ¡Ay...!
NORA *(mientras baila).*— Ya ves qué guasa, Kristine.

Helmer.— Pero, mi queridísima Nora, estás bailando como si te fuera la vida en ello.
Nora.— Es que me va la vida.
Helmer.— Rank, para, esto es una verdadera locura. Para, te digo.

(Rank deja de tocar y Nora se para de pronto.)

Helmer *(se acerca a ella)*.— Nunca lo hubiera creído. Se te ha olvidado todo lo que te enseñé.
Nora *(arroja la pandereta)*.— Ya lo ves.
Helmer.— Vaya, es verdad que vamos a tener que ensayar.
Nora.— Sí, ya ves la falta que hace. Tienes que instruirme hasta el final. ¿Me lo prometes, Torvald?
Helmer.— Cuenta con ello.
Nora.— Ni hoy ni mañana puedes pensar más que en mí; no abrirás ninguna carta... ni abrirás el buzón...
Helmer.— Ah, ya entiendo, sigues angustiada por esta persona...
Nora.— Ay, sí, sí, eso también...
Helmer.— Nora, se te nota, ha llegado una carta suya.
Nora.— No lo sé, creo que sí, pero ahora no vas a leer nada de eso, no quiero que nada feo se interponga entre nosotros antes de que pase todo.
Rank *(a Helmer en voz baja)*.— No deberías llevarle la contraria.
Helmer *(la rodea con el brazo)*.— La niña se va a salir con la suya. Pero mañana por la noche, cuando hayas bailado...
Nora.— Entonces serás libre.
Criada *(en la puerta de la derecha)*.— Señora, la mesa está puesta.
Nora.— Queremos champán, Helene.

CRIADA.— Bien, señora.

(Sale.)

HELMER.— Uy, uy, uy... ¿Así que un festín por todo lo alto, eh?
NORA.— Un festín de champán hasta la madrugada. *(Exclama:)* Y unos pastelitos de almendra, Helene, muchos... por una vez.
HELMER *(le coge las manos)*.— Ea, ea; basta de sustos, qué salvajismo. Anda, vuelve a ser mi alondrita de siempre.
NORA.— Ay, sí, claro que sí. Pero ve entrando, y usted también, doctor Rank. Kristine, tienes que ayudarme a recogerme el pelo.
RANK *(en voz baja cuando se van)*.— ¿No será que estáis esperando... algo de eso?
HELMER.— Oh, en absoluto, querido; no es más que ese miedo infantil del que te he hablado.

(Se van por la derecha.)

NORA.— ¿¡Qué!?
SRA. LINDE.— Se ha ido al campo.
NORA.— Te lo había notado.
SRA. LINDE.— Vuelve a casa mañana por la tarde. Le he dejado una nota.
NORA.— Podías habértelo ahorrado. No impedirás nada. Y además, en el fondo, es un placer quedarse así a la espera de lo maravilloso.
SRA. LINDE.— ¿Qué estás esperando?
NORA.— Ay, no podrías entenderlo. Ve con ellos, que ahora mismo voy yo.

(La señora Linde se va al comedor.)

Nora *(se queda un rato como para reponerse, después mira su reloj).—* Las cinco. Siete horas para la medianoche. Y veinticuatro horas más hasta la siguiente medianoche. Para entonces habrá sonado la tarantela. ¿Veinticuatro y siete? Treinta y una horas de vida.

Helmer *(en la puerta de la derecha).—* Pero ¿dónde te metes, alondrita?

Nora *(hacia él, con los brazos abiertos).—* ¡Aquí está la alondra!

TERCER ACTO

(La misma habitación. La mesa del salón, con las sillas de alrededor, ha sido trasladada al centro de la sala. Una lámpara está encendida sobre la mesa. La puerta del recibidor está abierta. Se oye música procedente de la planta de arriba.)
(La señora Linde está sentada ante la mesa hojeando relajadamente un libro; intenta leer, pero da la impresión de que no puede concentrarse; un par de veces aguza el oído hacia la puerta de fuera.)

SRA. LINDE *(mirando su reloj).—* Todavía no. Aunque ya va siendo hora. Espero que no... *(Vuelve a aguzar el oído.)* Ay, ahí está. *(Sale al recibidor y abre con cuidado la puerta de fuera; se oyen pasos lentos en las escaleras; ella susurra:)* Entre. No hay nadie.

KROGSTAD *(en la puerta).—* He encontrado una nota suya en casa. ¿A qué viene esto?

SRA. LINDE.— Es imprescindible que hable con usted.

KROGSTAD.— Ya, ¿y es imprescindible que sea en esta casa?

SRA. LINDE.— En la mía no podía ser; mi habitación no tiene entrada propia. Pase, que estamos solos; la chica está acostada y los Helmer de baile en el piso de arriba.

KROGSTAD *(entra en el salón).—* Vaya, vaya, ¿así que está noche los Helmer están de baile? ¿De verdad?

SRA. LINDE.— Sí, ¿por qué no?

KROGSTAD.— Ya, bueno, tiene usted razón.

SRA. LINDE.— En fin, Krogstad, hablemos.

KROGSTAD.— ¿Es que tenemos algo de qué hablar?

SRA. LINDE.— Tenemos mucho que hablar.

Krogstad.— No lo creía.
Sra. Linde.— No, porque nunca me ha entendido.
Krogstad.— ¿Había algo que entender más allá de lo evidente para cualquiera? Una mujer despiadada planta a un hombre cuando se le presenta algo mejor.
Sra. Linde.— ¿Tan despiadada me cree? ¿Y piensa que rompí alegremente?
Krogstad.— ¿No fue así?
Sra. Linde.— Krogstad, ¿de verdad que ha creído eso?
Krogstad.— Si no fue así, ¿por qué me escribió lo que me escribió?
Sra. Linde.— No tenía más remedio. Si iba a romper con usted, era mi deber exterminar sus sentimientos hacia mí.
Krogstad *(se retuerce las manos)*.— Así que fue eso. Y todo... ¡Todo por dinero!
Sra. Linde.— No debería olvidar que tenía que hacerme cargo de mi madre y mis dos hermanos pequeños. No podíamos esperarle, Krogstad; sus perspectivas eran a muy largo plazo.
Krogstad.— Puede ser, pero eso no le daba derecho a abandonarme por otro.
Sra. Linde.— Bueno, no lo sé. Muchas veces me lo he preguntado, si tenía derecho.
Krogstad *(más bajo)*.— Cuando la perdí, fue como si el suelo desapareciera bajo mis pies. Míreme ahora, ya no soy más que un náufrago sobre una balsa.
Sra. Linde.— El auxilio podría estar cerca.
Krogstad.— Lo estaba; pero ahora ha aparecido usted interfiriéndolo.
Sra. Linde.— Sin saberlo, Krogstad. Hasta hoy no he sabido que era a usted a quien iba a sustituir en el banco.

Krogstad.— La creo, si lo dice. Pero ahora que lo sabe, ¿no piensa retirarse?
Sra. Linde.— No, porque no le beneficiaría en absoluto.
Krogstad.— En fin, beneficiar, beneficiar... Yo lo haría de todos modos.
Sra. Linde.— Yo he aprendido a actuar con sensatez. La vida me lo ha enseñado, y la amarga necesidad.
Krogstad.— Pues a mí la vida me ha enseñado a no creer en las palabras.
Sra. Linde.— Algo muy sensato, le ha enseñado. Pero en los actos sí creerá, ¿no?
Krogstad.— ¿A qué se refiere?
Sra. Linde.— Ha dicho que es como un náufrago sobre una balsa.
Krogstad.— Creo tener buenas razones para decirlo.
Sra. Linde.— También yo soy una náufraga sobre una balsa. Nadie por quien preocuparme, ni de quien ocuparme.
Krogstad.— Usted misma lo eligió.
Sra. Linde.— En aquel momento no tenía otra opción.
Krogstad.— En fin, pero... ¿entonces qué?
Sra. Linde.— Krogstad, ¿y si los náufragos pudiéramos unirnos?
Krogstad.— ¿Qué está diciendo?
Sra. Linde.— Mejor están dos náufragos en una sola balsa que cada uno en la suya.
Krogstad.— ¡Kristine!
Sra. Linde.— ¿Por qué cree que he venido a la ciudad?
Krogstad.— ¿Pretende hacerme creer que pensaba en mí?
Sra. Linde.— Tengo que trabajar para soportar la vida. Todos los días, desde que tengo memoria, he trabajado, y esa ha sido mi mayor y única alegría. Pero ahora me he quedado sola en el mundo, abandonada y con un vacío terrible. Y no le encuentro el gusto a trabajar para

mí misma. Déme algo, Krogstad, déme a alguien por quien trabajar.

Krogstad.— No me lo creo. Esto no es más que exaltada generosidad femenina, de una mujer que ha decidido sacrificarse.

Sra. Linde.— ¿Alguna vez le he parecido exaltada?

Krogstad.— Pero ¿de veras sería capaz? Dígame... ¿Está usted al tanto de mi pasado?

Sra. Linde.— Sí.

Krogstad.— ¿Y sabe lo que piensan de mí por aquí?

Sra. Linde.— Antes me ha dado a entender que creía que conmigo podría haber sido otro.

Krogstad.— De eso no me cabe duda.

Sra. Linde.— ¿Y no podría suceder aún?

Krogstad.— Kristine... Esto que dice, ¿lo ha sopesado? Sí, lo ha hecho. Se lo veo en la cara. ¿De verdad que tendría el coraje de...?

Sra. Linde.— Yo necesito a alguien de quien ocuparme y sus hijos necesitan a alguien que se ocupe de ellos. Usted y yo nos necesitamos el uno al otro. Krogstad, tengo fe en sus cimientos... a su lado me atrevo a cualquier cosa.

Krogstad *(le agarra las manos).*— Gracias, gracias, Kristine... Ahora sabré también alzarme a ojos de los demás. Ah, se me había olvidado que...

Sra. Linde *(aguza oído).*— ¡Chis! ¡La tarantela! ¡Váyase, váyase!

Krogstad.— ¿Por qué? ¿Qué pasa?

Sra. Linde.— ¿Oye la pieza que está sonando arriba? En cuanto termine, bajarán.

Krogstad.— Ah, de acuerdo, me voy. Pero es inútil todo esto, usted desconoce el paso que he dado contra los Helmer, claro.

SRA. LINDE.— Que no, Krogstad, que lo sé.
KROGSTAD.— ¿Y aún así tendría el coraje de...?
SRA. LINDE.— Entiendo perfectamente hasta dónde puede empujar la desesperación a un hombre como usted.
KROGSTAD.— ¡Ah, si pudiera deshacer lo hecho!
SRA. LINDE.— Podría, si quisiera, porque su carta sigue en el buzón.
KROGSTAD.— ¿Está segura?
SRA. LINDE.— Segura del todo, pero...
KROGSTAD *(la mira inquisitivamente)*.— ¿He de entenderlo así? ¿Quiere usted salvar a su amiga a toda costa? Será mejor que me lo diga abiertamente. ¿Es eso?
SRA. LINDE.— Krogstad, quien se ha vendido una vez por los demás, no vuelve a hacerlo.
KROGSTAD.— Exigiré que me devuelvan la carta.
SRA. LINDE.— No, no, no.
KROGSTAD.— Sí, claro que sí. Esperaré aquí hasta que regrese Helmer; le diré que me devuelva la carta... que solo se trataba de mi despido... que no la lea.
SRA. LINDE.— No, Krogstad, no debe exigir que le devuelva la carta.
KROGSTAD.— Pero, dígame, ¿en realidad no me había citado aquí por eso?
SRA. LINDE.— Sí, con el primer susto, sí, pero ahora ha pasado un día entero y he visto cosas increíbles en esta casa... Helmer tiene que saberlo todo, este nefasto secreto tiene que salir a la luz y estos dos tienen que aclarar las cosas entre ellos; no pueden seguir viviendo entre evasivas y engaños.
KROGSTAD.— De acuerdo, si usted se atreve... Pero al menos una cosa sí puedo hacer y la haré enseguida...
SRA. LINDE *(aguza oído)*.— ¡Deprisa! ¡Váyase ya! La tarantela se ha acabado; no estamos seguros ni un segundo más.

KROGSTAD.— La espero abajo.
SRA. LINDE.— Sí, espéreme. Puede acompañarme hasta la puerta de casa.
KROGSTAD.— Nunca he sido tan feliz.

(Sale por la puerta del portal; la puerta entre el salón y el recibidor queda abierta.)

SRA. LINDE *(ordena un poco y deja preparada su ropa de abrigo).*— ¡Qué giro! ¡Ay, qué giro han dado las cosas! Alguien por quien trabajar... por quien vivir; un hogar al que llevar calor. Bueno, sin duda requerirá mucho trabajo... Por Dios, que lleguen ya... *(Escucha.)* Ajá, ahí deben de estar. La ropa. *(Se pone el abrigo y el sombrero.)*

(Se oyen las voces de Helmer y Nora fuera; se gira una llave y Helmer introduce a Nora casi por la fuerza en el recibidor. Ella lleva el disfraz italiano y se cubre con un gran chal negro; él lleva un frac y, encima, un dominó abierto.)

NORA *(todavía en la puerta, con reticencia).*— No, no, no. ¡Aquí no! Quiero volver a subir. No quiero volver tan temprano.
HELMER.— Pero mi queridísima Nora...
NORA.— Ay, te lo suplico, Torvald; te lo pido de corazón... ¡Solo una hora más!
HELMER.— Ni un solo minuto, mi dulce Nora. Sabes que teníamos un acuerdo. Ea; entra al salón, que te vas a resfriar. *(En contra de su voluntad, la conduce con delicadeza hasta el salón.)*
SRA. LINDE.— Buenas noches.
NORA.— ¡Kristine!
HELMER.— ¿Cómo, señora Linde? ¿Está usted aquí a estas horas?

Sra. Linde.— Sí, discúlpenme; tenía tantas ganas de ver a Nora arreglada...
Nora.— ¿Te has quedado aquí para esperarme?
Sra. Linde.— Sí, por desgracia no llegué a tiempo, habías subido ya. Y luego me pareció que no podía irme sin verte.
Helmer *(le quita el chal a Nora).*— Pues mírela bien. Yo diría que merece la pena. ¿No está preciosa, señora Linde?
Sra. Linde.— Sí, tengo que admitir que...
Helmer.— ¿No está extrañamente preciosa? Eso pensaba todo el mundo en la fiesta. Pero es increíble lo terca que es... esta cosita tan linda. Qué le vamos a hacer... ¿Se puede creer que casi he tenido que traérmela por la fuerza?
Nora.— Ay, Torvald, te vas a arrepentir de no haberme concedido media hora más, aunque fuera.
Helmer.— Ya la está oyendo, señora. Baila su tarantela... cosecha un éxito enorme... que se merece enteramente... aunque puede que en su actuación hubiera un cierto exceso de naturalidad; quiero decir... más de la que, en sentido estricto, puede conciliarse con las exigencias del arte. ¡Pero en fin! Lo principal... es que sale bien parada, cosecha un éxito enorme. Y después de eso, ¿iba a dejar que se quedara? ¿Para debilitar el efecto? No, gracias; así que he tomado a mi deliciosa chiquilla de Capri... a mi *capri*chosa niña de Capri, por decirlo así... la he cogido del brazo, hemos dado una vuelta rápida por la sala, unas reverencias a diestro y siniestro y... como dicen las novelas... la bella visión se esfumó. Los finales han de ser efectivos, señora Linde; pero no consigo que Nora lo entienda. Uf, qué calor hace aquí. *(Arroja la capa sobre una silla y abre la*

puerta de su habitación.) ¿Cómo? Pero si está oscuro... Ah, claro. Discúlpenme...

(Entra en su despacho y enciende un par de velas.)

Nora *(susurra rápido y sin aliento).*— ¿¡Y bien!?
Sra. Linde *(en voz baja).*— He hablado con él.
Nora.— ¿Y...?
Sra. Linde.— Nora... tienes que contárselo todo a tu marido.
Nora *(sin tono en la voz).*— Lo sabía.
Sra. Linde.— No tienes nada que temer de Krogstad, pero tienes que hablar.
Nora.— No hablaré.
Sra. Linde.— Entonces hablará la carta.
Nora.— Gracias, Kristine; ya sé lo que tengo que hacer. ¡Chis...!
Helmer *(vuelve a entrar en el salón).*— Bueno, señora, ¿la ha admirado usted ya?
Sra. Linde.— Sí, y ahora quisiera darles las buenas noches.
Helmer.— ¿Cómo? ¿Ya se va? ¿Es suya esa labor de punto?
Sra. Linde *(la coge).*— Sí, gracias, casi se me olvida.
Helmer.— ¿Así que hace usted punto?
Sra. Linde.— Ah, sí.
Helmer.— ¿Sabe qué? Sería mejor que bordara.
Sra. Linde.— ¿No me diga? ¿Por qué?
Helmer.— Pues sí, porque es mucho más hermoso. Mire; con la mano izquierda se sujeta el bordado así y con la derecha se maneja la aguja... así... trazando un arco elegante y alargado, ¿no es verdad?
Sra. Linde.— Sí, puede ser...
Helmer.— Pero en cambio hacer punto... siempre es feo. Mire, los brazos aplastados contra el cuerpo... las agujas

que suben y bajan; tiene algo de chino... Ay, el champán que hemos bebido era verdaderamente excelente.
Sra. Linde.— En fin, buenas noches, Nora, y deja de ser tan terca.
Helmer.— ¡Bien dicho, señora Linde!
Sra. Linde.— Buenas noches, señor director.
Helmer *(la acompaña hasta la puerta).*— Buenas noches, buenas noches; espero que llegue bien a casa. Ay, si pudiera... pero tampoco tiene usted que ir muy lejos. Buenas noches, buenas noches. *(Ella se va y él cierra la puerta a sus espaldas y vuelve a entrar en el salón.)* Ea, por fin nos hemos librado de ella. Qué aburrida es esa mujer, es tremendo.
Nora.— ¿No estás agotado, Torvald?
Helmer.— No, en absoluto.
Nora.— ¿Tampoco tienes sueño?
Helmer.— Ninguno; al contrario, es increíble lo despabilado que estoy. ¿Y tú? La verdad es que pareces cansada, tienes sueño.
Nora.— Sí, estoy muy cansada. Quiero acostarme temprano.
Helmer.— ¿Ves? ¿Ves como he hecho bien, al decidir que nos fuéramos?
Nora.— Ah, tú siempre lo haces todo bien.
Helmer *(la besa en la frente).*— Ahora estás hablando como una persona, alondrita. Por cierto... ¿Te has dado cuenta de lo alegre que estaba Rank esta noche?
Nora.— ¿Ah sí? ¿Estaba alegre? No he podido hablar con él.
Helmer.— Yo casi tampoco, pero hacía mucho que no lo veía de tan buen humor. *(La mira durante un rato; a continuación se acerca a ella.)* Mmm... en todo caso es un placer estar de nuevo en casa propia, completamente a solas contigo... ¡Eres una joven deliciosa, arrebatadora!

NORA.— ¡No me mires así, Torvald!
HELMER.— ¿Que no mire la más preciosa de mis pertenencias? ¿Que no mire toda esta gloria que es mía y solamente mía? Absoluta y totalmente mía.
NORA *(pasa al otro lado de la mesa)*.— No me hables así esta noche.
HELMER *(la sigue)*.— Todavía llevas la tarantela en la sangre, te lo noto. Y por eso estás aún más atractiva. ¡Escucha! Los invitados están empezando a irse. *(Más bajo.)* Nora... pronto toda la casa estará en silencio.
NORA.— Sí, eso espero.
HELMER.— ¿Verdad que sí, mi amor? Ah, verás... cuando vamos así a una fiesta... ¿Sabes por qué hablo tan poco contigo? ¿Por qué me mantengo tan distante y solo te miro de vez en cuando, furtivamente...? ¿Sabes por qué lo hago? Porque así puedo imaginarme que te amo en secreto, que nos hemos prometido en secreto, y que nadie tiene la menor idea de lo que hay entre nosotros.
NORA.— Ya, ya; sé que todos tus pensamientos están conmigo.
HELMER.— Y cuando nos vamos y te coloco el chal sobre estos hombros tan bellos, tan juveniles... rodeando esta maravillosa nuca... me imagino que eres mi joven novia, que volvemos de la ceremonia de la boda, que te llevo a mi casa por primera vez... y que, por primera vez, estoy a solas contigo... completamente a solas... ¡Con mi joven delicia estremecida! En toda la noche no he tenido más anhelo que tú. Y al verte bailar y seducir con la tarantela... me ha hervido la sangre; no he podido soportarlo más... Por eso te he traído tan pronto...
NORA.— ¡Quita, Torvald! Apártate de mí. No quiero todo esto.

HELMER.— ¿Qué estás diciendo? Debes de estar de broma, pequeña Nora. Querer; ¿querer? ¿Es que no soy tu marido...?

(Llaman a la puerta de fuera.)

NORA *(sobresaltada).*— ¿Has oído...?
HELMER *(hacia el recibidor).*— ¿Quién es?
RANK *(desde fuera).*— Soy yo. ¿Podría entrar un momento?
HELMER *(en voz baja, molesto).*— Ay, ¿y este ahora qué quiere? *(En voz alta.)* Espera un momento. *(Se acerca y abre.)* En fin, es muy amable por tu parte no pasar de largo ante nuestra puerta.
RANK.— Me ha parecido oír tu voz y además tenía muchas ganas de pasarme... *(Recorre la habitación con mirada huidiza.)* Ay, este terreno tan familiar y tan querido... Qué acogedora y agradable tenéis vosotros la casa.
HELMER.— Bueno, arriba también daba la impresión de que te lo estabas pasando bien.
RANK.— Estupendamente. ¿Por qué no habría de pasarlo bien? ¿Por qué no sacarle partido a la vida? Todo el que se pueda, al menos, y mientras se pueda. El vino era excelente...
HELMER.— Sobre todo el champán.
RANK.— ¿Tú también lo has notado? Casi no me puedo creer lo que he llegado a tragar.
NORA.— Torvald también ha bebido mucho champán esta noche.
RANK.— ¿Ah sí?
NORA.— Sí; y cuando bebe siempre se pone muy gracioso.
RANK.— Bueno, ¿por qué no disfrutar de la noche después de una jornada bien empleada?
HELMER.— Bien empleada... Por desgracia no me atrevería a presumir de lo mismo.

Rank *(le golpea el hombro)*.— ¡Pues yo sí!
Nora.— Doctor Rank, hoy se ha hecho usted unos análisis clínicos, creo.
Rank.— Sí, exactamente.
Helmer.— Vaya, vaya, ¡la pequeña Nora hablando de análisis clínicos!
Nora.— ¿Sería apropiado felicitarle por los resultados?
Rank.— Sí, desde luego.
Nora.— ¿Entonces han sido buenos?
Rank.— Los mejores posibles, tanto para el médico como para el paciente: la certeza.
Nora *(apresurada e inquisitivamente)*.— ¿La certeza?
Rank.— La certeza absoluta. Y después de eso, ¿no habría de permitirme una noche de juerga?
Nora.— Que sí, que ha hecho usted muy bien, doctor Rank.
Helmer.— Eso mismo pienso yo, a no ser que mañana tengas que pagar las consecuencias.
Rank.— En fin, en esta vida nada sale gratis.
Nora.— Doctor Rank, parece que le gustan mucho las fiestas de disfraces, ¿no?
Rank.— Sí, siempre que haya muchos disfraces divertidos...
Nora.— Escuche, ¿de qué nos disfrazaremos usted y yo en la próxima fiesta de disfraces?
Helmer.— Ay, pero qué frívola eres... ¡Ya estás pensando en la próxima!
Rank.— ¿Usted y yo? Pues se lo voy a decir: Usted irá de niña con estrella...
Helmer.— Ya, pues vas a tener que inventarte un disfraz que lo indique.
Rank.— Bastará con que permitas que tu mujer se presente tal y como va por el mundo...

HELMER.— Qué frase tan atinada. Pero ¿no sabes de qué irás tú?
RANK.— Ah, sí, querido amigo, lo tengo claro como el agua.
HELMER.— ¿Y bien?
RANK.— En la próxima fiesta de disfraces seré invisible.
HELMER.— Qué ocurrencia tan peculiar.
RANK.— Hay un gran sombrero negro... ¿No has oído hablar del sombrero de la invisibilidad? En cuanto te lo pones, la gente deja de verte.
HELMER *(con un sonrisa reprimida).*— Ya, en eso tienes razón.
RANK.— Pero bueno, se me ha ido el santo al cielo, casi me olvido de por qué he venido. Helmer, dame un cigarro, uno de esos habanos oscuros.
HELMER.— Será un placer. *(Le ofrece la caja.)*
RANK *(coge uno y le corta la punta).*— Gracias.
NORA *(enciende una cerilla).*— Permítame darle fuego.
RANK.— Se lo agradezco. *(Ella sostiene la cerilla ante él, él enciende el puro.)* ¡Adiós, pues!
HELMER.— Adiós, adiós, querido amigo.
NORA.— Que duerma bien, doctor Rank.
RANK.— Le agradezco ese deseo.
NORA.— Deséeme usted lo mismo.
RANK.— ¿A usted? En fin, si así lo quiere... Que duerma bien. Y gracias por el fuego.

(Se despide de ambos con la cabeza y se va.)

HELMER *(mitigando el tono de voz).*— Había bebido considerablemente.
NORA *(ensimismada).*— Puede ser.

(Helmer se saca el manojo de llaves del bolsillo y se dirige al recibidor.)

Nora.— Torvald... ¿Adónde vas?
Helmer.— Tengo que vaciar el buzón, está lleno; mañana no cabrán los periódicos...
Nora.— ¿Quieres trabajar esta noche?
Helmer.— Bien sabes que no quiero... ¿Qué es esto? Alguien ha hurgado en la cerradura.
Nora.— ¿En la cerradura...?
Helmer.— Desde luego que sí. ¿Cómo puede ser? No me imagino a las chicas... Una horquilla rota... Nora, es tuya...
Nora *(apresuradamente)*.— Entonces tienen que haber sido los niños...
Helmer.— Pues ya puedes ir quitándoles esa costumbre. Hum, hum... Bueno, he conseguido abrirlo igual. *(Saca el contenido y grita hacia la cocina:)* ¿Helene...? Helene, apaga la lámpara de la entrada.

(Vuelve a entrar en el salón y cierra la puerta del recibidor.)

Helmer *(con las cartas en la mano)*.— Mira. ¿Has visto qué acumulación? *(Las hojea.)* ¿Esto qué es?
Nora *(junto a la ventana)*.— ¡La carta! ¡Ay, no, no, Torvald!
Helmer.— Dos tarjetas de visita... de Rank.
Nora.— ¿Del doctor Rank?
Helmer *(las mira)*.— «Rank, doctor en medicina». Estaban sobre todo lo demás, tiene que haberlas dejado al irse.
Nora.— ¿Pone algo?
Helmer.— Hay una cruz encima del nombre. Mira. La verdad es que es una idea bastante siniestra. Como si estuviera anunciando su propia muerte...
Nora.— Es que eso es lo que está haciendo.
Helmer.— ¿Cómo? ¿Qué sabes? ¿Te ha dicho algo?

Nora.— Sí. Con esas tarjetas, se está despidiendo de nosotros. Ahora se encerrará en casa para morir.
Helmer.— Mi pobre amigo. Ya sabía que no me iba a durar mucho, pero tan pronto... Y ahora se esconde como un animal herido.
Nora.— Si tiene que pasar, es mejor que sea sin palabras. ¿No te parece, Torvald?
Helmer *(deambula por la habitación).*— Estaba tan unido a nosotros... Me cuesta trabajo imaginarnos sin él. Con tanto sufrimiento y tanta soledad proporcionaba una especie de fondo oscuro para nuestra soleada felicidad... En fin, quizá sea mejor así. Al menos para él. *(Se detiene.)* Y puede que para nosotros también, Nora. A partir de ahora nos dedicaremos solo el uno al otro. *(La abraza.)* Ay, mi amada esposa, me parece que no puedo abrazarte lo suficiente. Ya sabes, Nora... que muchas veces quisiera verte amenazada por un peligro terrible, para poder arriesgar por ti el cuerpo y el alma, para arriesgarlo todo, todo.
Nora *(se desembaraza de él y dice con fuerza y decisión).*— Ahora vas a leer tus cartas, Torvald.
Helmer.— No, no, esta noche no. Quiero estar contigo, esposa amada.
Nora.— ¿Pensando en la muerte de tu amigo...?
Helmer.— Tienes razón. Esto nos ha conmocionado; la fealdad se ha introducido entre nosotros, ideas de muerte y descomposición... Tendremos que librarnos de ello. Hasta entonces... Cada uno a lo suyo.
Nora *(abrazándolo por el cuello).*— Torvald... ¡Buenas noches! ¡Buenas noches!
Helmer *(la besa en la frente).*— Buenas noches, querido pajarillo cantor. Que duermas bien. Ahora leeré las cartas.

*(Se dirige con las cartas hacia su despacho
y cierra la puerta tras de sí.)*

Nora *(con los ojos desorbitados, palpa a su alrededor, agarra la capa de Helmer, se la echa sobre los hombros y susurra de modo entrecortado, rápido y jadeante).—* No verlo nunca más. Nunca. *(Se echa el chal sobre la cabeza.)* Ni a los niños tampoco. Ni siquiera a los niños. Nunca jamás... Ay, ese agua tan helada, tan negra, ese abismo... ese... Ay, si hubiera pasado ya... La tiene, la está leyendo. Ay, no, no; todavía no. Torvald, adiós, adiós a ti y a los niños...

(Quiere salir corriendo por el recibidor; en ese momento Helmer abre su puerta violentamente y se planta en el vano con una carta abierta en la mano.)

Helmer.— ¿Nora?
Nora *(chilla).—* ¡Ay...!
Helmer.— ¿Esto qué es? ¿Sabes lo que pone en esta carta?
Nora.— Sí, lo sé. ¡Déjame! ¡Déjame salir!
Helmer *(la retiene).—* ¿Adónde vas?
Nora *(intenta desembarazarse de él).—* ¡No me salves, Torvald!
Helmer *(retrocede tambaleándose).—* ¡Es cierto! ¿Es cierto lo que ha escrito aquí este hombre? ¡Espantoso! No, no; es imposible, no puede ser verdad.
Nora.— Es verdad. Te he amado más que a nada en el mundo.
Helmer.— Vamos, no me vengas con evasivas ridículas.
Nora *(da un paso hacia él).—* ¡Torvald...!
Helmer.— ¡Desgraciada! ¿Qué es lo que has hecho?
Nora.— Déjame. No cargues con esto por mi culpa. No asumas la responsabilidad.

HELMER.— Déjate de teatro. *(Cierra la puerta del recibidor.)* Tú te quedas aquí y me rindes cuentas. ¿Entiendes lo que has hecho? ¡Responde! ¿Lo entiendes?
NORA *(lo mira intensamente y dice con expresión petrificada).—* Sí, empiezo a entenderlo de verdad.
HELMER *(deambula por la habitación).—* Ay, qué despertar tan horroroso. Durante estos ocho años... la mujer que era mi alegría y mi orgullo... una hipócrita, una mentirosa... peor, peor... ¡Una criminal! ¡Ay, qué abismal fealdad subyace a todo esto! ¡Qué vergüenza! ¡Qué vergüenza!

(Nora calla y lo sigue mirando intensamente.)

HELMER *(se detiene ante ella).—* Tendría que haberme imaginado que pasaría algo así. Tendría que haberlo previsto. Tu padre tenía unos principios tan frívolos... ¡Calla! Que has heredado toda la frivolidad de tu padre. Ni religión ni moral ni sentido de deber... Ah, qué castigo, por haber hecho la vista gorda con él. Por ti lo hice, y así me lo pagas.
NORA.— Sí, así.
HELMER.— Has arruinado mi felicidad. Has tirado mi futuro por la borda. Ah, es espantoso... Estoy en manos de un hombre sin escrúpulos, que puede hacer conmigo lo que quiera, exigirme lo que le dé la gana, ordenar y mandar a su antojo... No podré ni rechistar. ¡Qué penoso hundirse así! ¡Naufragar por una frívola mujer!
NORA.— Cuando haya abandonado el mundo, serás libre.
HELMER.— Venga, nada de aspavientos. También tu padre tenía esas maneras de hablar. ¿De qué me serviría a mí que abandonaras el mundo, como tú dices? De nada me serviría. De todos modos este hombre podría ha-

cerlo público; y si lo hiciera, podrían sospechar que yo estaba al tanto de tu crimen, que estaba detrás... ¡Que fui yo quien te instigó! Pensar que esto te lo puedo agradecer a ti, a la mujer que he tenido entre algodones durante todo nuestro matrimonio. ¿Entiendes ahora lo que me has hecho?

NORA *(con fría calma).—* Sí.

HELMER.— Me resulta tan increíble que ni siquiera lo concibo. Pero esto hay que arreglarlo. Quítate el chal. ¡Que te lo quites te digo! A este hombre habrá que contentarlo de alguna manera. Voy a acallar este asunto, cueste lo que cueste... Y en lo que a ti y a mí respecta, tendrá que parecer que todo sigue igual. Aunque, claro, eso será solo a ojos del mundo. Pero te quedarás aquí en la casa, por supuesto. Aunque no te permitiré educar a los niños, no me atrevo a dejarlos en tus manos... ¡Ay, mira que tener que decirle esto a la mujer que tanto he amado, a la que aún...! En fin, esto se va a acabar. A partir de ahora no se trata de la felicidad; sino de salvar los restos, los despojos, la piel.

(Llaman al timbre de la entrada.)

HELMER *(sobresaltado).—* ¿Qué es eso? Tan tarde... ¿Podría estar sucediendo lo peor...? ¿Sería capaz de...? ¡Escóndete, Nora! Di que estás enferma.

*(Nora se queda inmóvil, Helmer se dirige
a la puerta del recibidor y la abre.)*

CRIADA *(medio desvestida, en el recibidor).—* Ha llegado una carta para la señora.

HELMER.— Dámela. *(Le arrebata la carta y cierra la puerta.)* Sí, es de él. No te la doy, que la voy a leer yo.

Nora.— Adelante.
Helmer *(junto a la lámpara).—* Creo que me falta valor. Puede que estemos perdidos, los dos. En fin, tengo que saber. *(Desgarra la carta apresuradamente, recorre algunas líneas con la mirada, mira una hoja que la acompaña; un grito de alegría:)* ¡Nora!

(Nora lo mira interrogativamente.)

Helmer.— ¡Nora! No, espera, tengo que leerla una vez más... Que sí, que sí, que es verdad. ¡Estoy salvado! ¡Nora, estoy salvado!
Nora.— ¿Y yo?
Helmer.— Tú también, naturalmente; estamos salvados los dos, tanto tú como yo. Mira. Te devuelve el pagaré. Dice que lo lamenta y que se arrepiente... que su vida ha dado un giro afortunado, que... bah, qué más da lo que diga. ¡Estamos salvados, Nora! Ya nadie puede hacerte nada. Ay, Nora, Nora... No, primero hay que deshacerse de esta inmundicia. A ver... *(Echa un vistazo al documento.)* No, no quiero verlo; todo esto no será más que un sueño para mí. *(Rompe el pagaré y las dos cartas, lo tira todo a la estufa y mira cómo arde hasta desaparecer.)* Ea, ya no existen... Decía que desde Nochebuena... Ah, tienes que haber pasado tres días espantosos, Nora.
Nora.— Estos días he librado una dura batalla.
Helmer.— ¡Lo que debes de haber sufrido! Sin ver otra salida que... Bueno, olvidemos este asunto tan feo. Vamos a gritar de alegría y repetir: «¡Ya ha pasado, ya ha pasado!» Pero... oye, Nora... Parece que no lo entiendes: ya ha pasado. ¿A qué viene... esa expresión petrificada? Ah, mi pobrecita Nora, ya comprendo. No

puedes creer que te haya perdonado. Pero lo he hecho, Nora, te lo juro: te lo he perdonado todo. Sé que lo hiciste por amor hacia mí.

NORA.— Eso es verdad.

HELMER.— Me has amado tal y como una mujer debe amar a su marido. Solo te ha faltado sensatez para juzgar los medios. Pero ¿crees que te aprecio menos por no saber actuar por tu cuenta? No, no; tú apóyate en mí, que yo te aconsejaré y te orientaré. No sería un hombre, si este desamparo tuyo tan femenino no te volviera doblemente atractiva a mis ojos. No te agarres a las duras palabras que te he dicho. Ha sido el susto, he tenido la sensación de que todo se derrumbaba sobre mí. Pero ya te he perdonado, Nora; te juro que te he perdonado.

NORA.— Y yo te agradezco tu perdón.

(Sale por la puerta de la derecha.)

HELMER.— No, quédate... *(Mira hacia el interior del otro cuarto.)* ¿A qué vas a la alcoba?

NORA *(desde dentro).*— Voy a tirar el disfraz.

HELMER *(junto a la puerta abierta).*— Sí, hazlo; procura calmarte y recupera tu equilibrio, mi asustado pajarillo. Descansa tranquila, que yo tengo las alas lo bastante grandes para cubrirte. *(Deambula cerca de la puerta.)* Ay, qué acogedora y qué hermosa tenemos la casa, Nora. Aquí te podrás refugiar; voy a protegerte como a una paloma a la que acabara de sacar sana y salva de las garras del halcón. Calmaré tu pobre corazoncito tembloroso. Sucederá poco a poco, Nora, créeme. Mañana lo verás todo con otros ojos y las cosas no tardarán en ser como antes. No hará falta que te repita muchas veces que te he perdonado, tú misma tendrás la certeza de que es así. ¿Cómo se te ocurre que pudiera pasárseme por la cabeza repudiarte? ¿O simplemente reprocharte algo? Ah, Nora, no conoces el corazón de un hombre de verdad. Hay algo increíblemente dulce y satisfactorio en todo esto, en saber que has perdonado a tu mujer... que lo has hecho de todo corazón, honestamente. Porque así, de alguna manera, la mujer pasa a ser doblemente tuya; es como si la hubieras traído de nuevo al mundo, como si ahora fuera tu esposa y tu hija a la vez. Eso es lo que serás tú para mí a partir de ahora, criaturita. Estás tan desamparada, tan indefensa... No te preocupes por nada, Nora; bastará con que seas honesta, que yo seré tu voluntad y tu conciencia... ¿Qué pasa? ¿No te vas a la cama? ¿Te has cambiado de ropa?

Nora *(con su vestido de diario).—* Sí, Torvald, me he cambiado de ropa.

Helmer.— Pero ¿por qué? ¿Ahora, tan tarde...?

Nora.— Esta noche no voy a dormir.

Helmer.— Pero, querida Nora...

Nora *(mira su reloj).—* Todavía no es muy tarde. Siéntate, Torvald, tú y yo tenemos mucho de qué hablar.

(Nora se sienta a un lado de la mesa.)

Helmer.— Nora... ¿a qué viene esto? Esa expresión petrificada...

Nora.— Siéntate, que esto nos va a llevar tiempo. Tengo mucho de lo que hablar contigo.

Helmer *(se sienta a la mesa, justo enfrente de ella).—* Me estás asustando, Nora. Y no te entiendo.

Nora.— Ya, de eso se trata, justamente, de que no me entiendes. Y tampoco yo te he entendido nunca... hasta

esta noche. No, no me interrumpas. Limítate a escuchar lo que digo... Vamos a saldar nuestras cuentas, Torvald.
Helmer.— ¿Qué quieres decir con eso?
Nora *(tras una breve pausa).*— ¿No hay nada que te llame la atención en esta situación?
Helmer.— ¿A qué te refieres?
Nora.— Llevamos ocho años casados. ¿No te das cuenta de que es la primera vez que tú y yo, marido y mujer, hablamos en serio?
Helmer.— Bueno, en serio... ¿Qué quiere decir eso?
Nora.— En ocho años... incluso más... desde el momento en que nos conocimos, nunca hemos intercambiado una sola palabra seria sobre algo serio.
Helmer.— ¿Es que debería compartir contigo todas mis preocupaciones, cuando de todos modos no podrías ayudarme a soportarlas?
Nora.— No estoy hablando de preocupaciones. Lo que digo es que nunca hemos dedicado un rato, seriamente, a intentar llegar al fondo de alguna cuestión.
Helmer.— Pero, mi queridísima Nora, ¿eso hubiera ido contigo?
Nora.— Esa es la cuestión, que nunca me has entendido... He sido tratada con mucha injusticia, Torvald. Primero por papá y luego por ti.
Helmer.— ¡Cómo! ¿Por nosotros...? ¿Por nosotros dos que te hemos amado más que nadie en el mundo?
Nora *(sacudiendo la cabeza).*— No me habéis amado. Simplemente os divertía estar enamorados de mí.
Helmer.— Pero, Nora, ¿qué estás diciendo?
Nora.— Sí, Torvald, así es. Cuando aún estaba en casa de papá, él me contaba todas sus opiniones y luego yo las compartía; y si no las compartía, lo ocultaba, porque no le habría gustado. Me llamaba muñequita y jugaba

conmigo como yo con mis muñecas. Luego llegué a tu casa...

Helmer.— ¿Qué manera es esa de hablar sobre nuestro matrimonio?

Nora *(inmutable)*.— Me refiero a que pasé de las manos de papá a las tuyas. Aquí lo organizaste todo a tu gusto y yo adquirí el mismo gusto; o lo simulé, no estoy segura... Creo que fueron ambas cosas, a veces una, a veces la otra. Cuando lo pienso ahora, me parece que he vivido como una pordiosera... de las migajas. Me he ganado la vida haciendo espectáculos para ti, Torvald. Porque eso era lo que querías. Papá y tú me habéis hecho mucho mal. Tenéis la culpa de que no haya llegado a ser nada.

Helmer.— ¡Nora, insensata, qué ingrata eres! ¿Es que no has sido feliz aquí?

Nora.— No, feliz no he sido nunca. Creía que sí, pero nunca lo he sido.

Helmer.— ¡No... no has sido feliz!

Nora.— No, solo he sido graciosa. Y tú siempre has sido muy bueno conmigo. Pero nuestro hogar era solo una casa de muñecas. Aquí era tu esposa-muñeca, del mismo modo que en casa de papá era la hija-muñeca. Y los niños, a su vez, eran muñecos para mí. Me divertía que jugaras conmigo, y jugar yo con ellos. Eso ha sido nuestro matrimonio, Torvald.

Helmer.— Hay algo de cierto en lo que dices... por desorbitado y exaltado que sea. Pero a partir de ahora será distinto... La época de los juegos ha acabado, ahora empieza el tiempo de la educación.

Nora.— ¿La educación de quién? ¿La mía o la de los niños?

Helmer.— Tanto la tuya como la de ellos, mi amada Nora.

Nora.— Ay, Torvald, tú no eres hombre para educarme, ni para hacer de mí una buena esposa.

Helmer.— ¿Y eso me lo dices tú?
Nora.— Y yo... ¿Cómo voy a estar preparada para educar a los niños?
Helmer.— ¡Nora!
Nora.— ¿No has dicho hace un rato... que no te atrevías a confiármelos?
Helmer.— ¡En el momento del enfado! ¿Cómo puedes tenérmelo en cuenta?
Nora.— Bueno, es que tenías toda la razón. La tarea se me queda grande. Antes tengo otra que resolver. He de educarme a mí misma. Y tú no eres hombre para ayudarme en eso. Lo tengo que hacer sola. Y por ello, ahora te abandono.
Helmer *(se levanta de un salto)*.— ¿Qué es lo que has dicho?
Nora.— Tengo que estar completamente sola para aclararme conmigo misma y con lo que me rodea. Por eso no puedo seguir contigo.
Helmer.— ¡Nora, Nora!
Nora.— Me iré ahora mismo. Seguro que Kristine me acogerá por esta noche...
Helmer.— ¡Estás trastornada! ¡No te lo permito! ¡Te lo prohíbo!
Nora.— A partir de ahora no te servirá de nada prohibirme cosas. Me llevaré solo lo que me pertenece. De ti no quiero nada, ni ahora ni más adelante.
Helmer.— ¡Pero qué locura es esta!
Nora.— Mañana volveré a casa... al lugar de donde vengo, quiero decir. Allí me será más fácil encontrar algo.
Helmer.— ¡Ah, serás ciega e inexperta, criatura!
Nora.— Pues tendré que ganarme esa experiencia, Torvald.
Helmer.— ¡Abandonar tu casa! ¡Abandonar a tu marido y a tus hijos! Y no piensas en lo que dirá la gente.

Nora.— Eso no puedo tenerlo en cuenta. Solo sé que necesito hacer esto.
Helmer.— Es indignante. Cómo puedes traicionar así tus obligaciones más sagradas.
Nora.— ¿A qué te refieres cuando dices mis obligaciones más sagradas?
Helmer.— ¡¿Hará falta que te lo diga?! ¿No son tus obligaciones hacia tu marido y tus hijos?
Nora.— Tengo otras obligaciones igual de sagradas.
Helmer.— No es verdad. ¿Cuáles serían?
Nora.— La obligaciones hacia mí misma.
Helmer.— Ante todo eres esposa y madre.
Nora.— Eso ya no me lo creo. Lo que creo es que ante todo soy una persona, al igual que tú... o al menos, que voy a intentar serlo. Sé que la mayoría te dará la razón, Torvald, y que algo parecido pone en los libros. Pero ya no puedo conformarme con lo que diga la mayoría, ni con lo que ponga en los libros. Ahora tengo que pensar las cosas por mí misma y aclararme.
Helmer.— ¿Es que no tienes clara tu posición en tu propia casa? Para estas cuestiones, ¿no tienes una guía inquebrantable? ¿No tienes la religión?
Nora.— Ay, Torvald, la verdad es que no tengo nada claro lo que es la religión.
Helmer.— ¡Qué estás diciendo!
Nora.— Solo sé lo que me explicó Hansen, el párroco, cuando iba a hacer la confirmación. Me contó que la religión era *tal y cual*. Pero una vez que me aleje de todo esto y me quede sola, investigaré también este asunto. Y veré si es correcto lo que decía el párroco o, al menos, si es correcto para *mí*.
Helmer.— ¡Esto es inaudito en una mujer tan joven! Pero si la religión no puede guiarte, déjame espolear tu con-

ciencia. Porque sentimiento moral sí tendrás, digo yo. O... ¿No lo tienes?

Nora.— Bueno, Torvald, no sabría decirte. La verdad es que no tengo ni idea. Estoy completamente perdida con respecto a esos asuntos. Solo sé que, en esto, mi opinión es muy diferente a la tuya. Además, me he enterado de que las leyes son distintas a como pensaba; aunque me resulta imposible creer que esas leyes sean correctas. ¡¿No iba una mujer a tener derecho a proteger a su viejo padre agonizante?! ¡¿A salvar la vida de su marido?! No creo.

Helmer.— Hablas como una niña. No entiendes la sociedad en la que vives.

Nora.— No, no la entiendo. Pero acabaré entendiéndola. Averiguaré si es la sociedad la que tiene razón, o si soy yo.

Helmer.— Estás enferma, Nora; tienes fiebre; casi diría que has perdido el juicio.

Nora.— Nunca me he sentido tan lúcida y segura como esta noche.

Helmer.— ¿Y lúcida y segura abandonas a tu marido y a tus hijos?

Nora.— Sí, eso hago.

Helmer.— Entonces solo hay *una* explicación posible.

Nora.— ¿Cuál?

Helmer.— Que ya no me amas.

Nora.— Sí, esa es la cuestión.

Helmer.— ¡Nora! ¡Y así lo dices!

Nora.— Y me duele, Torvald; porque siempre has sido bueno conmigo. Pero no puedo remediarlo. Ya no te amo.

Helmer *(luchando por controlarse)*.— ¿Y esta convicción también es lúcida y segura?

NORA.— Sí, absolutamente. Por eso no quiero seguir aquí.
HELMER.— ¿Y podrías explicarme cómo he perdido tu amor?
NORA.— Por supuesto. Ha sido esta noche, cuando lo maravilloso no ha sucedido; me he dado cuenta de que no eres el hombre que yo creía que eras.
HELMER.— Explícate mejor, no te entiendo.
NORA.— Durante ocho años he esperado pacientemente; por Dios, entiendo que lo maravilloso no ocurre así a diario, claro. Luego me asaltó este asunto horrible y me convencí de que había llegado el momento: «Va a suceder lo maravilloso», me decía. Mientras la carta de Krogstad ha estado en el buzón... ni se me ha pasado por la cabeza que fueras a doblegarte a sus condiciones. Estaba completamente convencida de que le dirías: «Que lo sepa todo el mundo». Y que una vez que hubiera sucedido...
HELMER.— Sí, ¿qué? ¡Una vez que hubiera entregado a mi propia esposa a la vergüenza y la ignominia...!
NORA.— Una vez sucedido, estaba convencida de que asumirías toda la responsabilidad, de que dirías: «El culpable soy yo».
HELMER.— ¡Nora...!
NORA.— ¿Quieres decir que nunca hubiera aceptado semejante sacrificio por tu parte? No, por supuesto. Pero ¿de qué valdría mi palabra contra la tuya? Eso era lo maravilloso, lo que andaba yo esperando tan asustada. Y para impedirlo, quería quitarme la vida.
HELMER.— Trabajaría día y noche por ti, Nora... sufriría encantado penurias y necesidades. Pero nadie sacrifica su *honor* por la persona a la que ama.
NORA.— Lo han hecho cientos de miles de mujeres.
HELMER.— Ah, piensas y hablas como una niña insensata.

Nora.— Puede ser. Pero tú ni piensas ni hablas como el hombre al que me puedo unir. En cuanto se te ha pasado el miedo... no miedo a lo que pudiera sucederme a mí, sino a lo que te sucedería a ti... En cuanto ha pasado el peligro... para ti ha sido como si nada hubiera ocurrido. He vuelto a ser tu pequeña alondra, tu muñeca, exactamente igual que antes. A partir de ahora pensabas tenerme entre algodones, con el doble de cuidado, puesto que yo era tan frágil y tan delicada... *(Se levanta.)* Torvald... en ese momento he caído en la cuenta de que durante ocho años he vivido y he tenido tres hijos con un hombre al que no conocía... ¡Ay, no lo soporto! Podría desgarrarme en pedazos.

Helmer *(pesadamente).*— Lo entiendo, lo entiendo. Sin duda se ha abierto un abismo entre nosotros... Ay, pero, Nora, ¿no podríamos superarlo?

Nora.— En el estado en que me encuentro, no soy esposa para ti.

Helmer.— Yo tengo la fuerza para convertirme en otro.

Nora.— Quizá... si te quitan la muñeca.

Helmer.— ¡Separarme... separarme de ti! No, no, Nora, no me cabe en la cabeza.

Nora *(entra en la habitación de la derecha).*— Con más razón, así ha de ser.

(Regresa con su ropa de abrigo y un pequeño bolso que deja en la silla junto a la mesa.)

Helmer.— ¡Nora, Nora, todavía no! Espera a mañana.

Nora *(se pone el abrigo).*— No puedo pasar la noche en los aposentos de un desconocido.

Helmer.— Pero ¿no podríamos vivir aquí como hermano y hermana?

Nora *(se ata el sombrero).—* Sabes perfectamente que no duraría mucho... *(Se echa el chal sobre los hombros.)* Adiós, Torvald. No quiero ver a los pequeños. Sé que están en mejores manos que las mías. En mi estado, no puedo ser nada para ellos.
Helmer.— Pero algún día, Nora... ¿algún día?
Nora.— ¿Cómo podría saberlo? No tengo la menor idea ni de cómo voy a ser.
Helmer.— Pero eres mi mujer, en tu estado actual y en el futuro.
Nora.— Escucha, Torvald... cuando una esposa abandona la casa de su marido, como hago yo ahora, tengo entendido que la ley libera al varón de todas sus obligaciones. No debes sentirte atado por nada, al igual que yo. Tiene que haber libertad total por ambas partes. Mira, aquí te devuelvo tu anillo. Dame el mío.
Helmer.— ¿Esto también?
Nora.— Esto también.
Helmer.— Aquí está.
Nora.— Bien. En fin, se acabó. Aquí te dejo las llaves. Y de las cosas de la casa, las chicas saben... mejor que yo. Mañana, cuando me haya ido, Kristine vendrá a empaquetar las cosas que son de mi propiedad, lo que traje de mi casa. Quiero que me lo manden.
Helmer.— ¡Se acabó, se acabó! Nora, ¿nunca volverás a pensar a mí?
Nora.— Sin duda pensaré a menudo en ti, en los niños y en la casa.
Helmer.— ¿Podré escribirte, Nora?
Nora.— No... nunca. Te lo prohíbo.
Helmer.— Ah, pero... tendré que enviarte...
Nora.— Nada, nada.
Helmer.— Ayudarte, si lo necesitaras.

Nora.— Que no, te digo. No acepto nada de desconocidos.
Helmer.— Nora... ¿Nunca podré ser más que un desconocido para ti?
Nora *(coge su bolso).*— Ay, Torvald, para eso tendría que suceder lo más maravilloso.
Helmer.— ¡Nómbrame eso tan maravilloso!
Nora.— Tanto tú como yo tendríamos que transformarnos hasta tal punto... Ay, Torvald, yo ya no creo en lo maravilloso.
Helmer.— Pero yo sí quiero creer. ¡Nómbralo! ¿Transformarnos hasta tal punto que...?
Nora.— Que nuestra convivencia se convirtiera en un auténtico matrimonio. Adiós.

(Sale por el recibidor.)

Helmer *(se derrumba en una silla junto a la puerta y se cubre la cara con las manos).*— ¡Nora! ¡Nora! *(Mira a su alrededor y se levanta.)* Vacío. Ella ya no está. *(Una esperanza surge en él.)* ¡¿Lo más maravilloso?!

(Abajo se escucha el ruido de un portazo.)

FIN

SOLNESS, EL CONSTRUCTOR

Drama en tres actos

PERSONAJES

HALVARD SOLNESS, constructor.
SEÑORA ALINE SOLNESS, su mujer.
DOCTOR HERDAL, médico de cabecera.
KNUT BROVIK, antes arquitecto, ahora ayudante de SOLNESS.
RAGNAR BROVIK, su hijo, delineante.
KAIA FOSLI, su sobrina, contable.
SEÑORITA HILDE WANGEL.
VARIAS SEÑORAS.
AGLOMERACIÓN EN LAS CALLES.

[*La acción tiene lugar en casa del constructor Solness.*]

PRIMER ACTO

(Un estudio austeramente amueblado en casa del constructor Solness. En la pared izquierda, una puerta de dos hojas que da al vestíbulo. A la derecha, la puerta que conduce a las habitaciones interiores de la casa. En la pared del fondo, una puerta abierta a la sala de dibujo. Delante, a la izquierda, un pupitre lleno de libros, papeles y todo lo necesario para escribir. Frente a la puerta, una estufa. En el rincón de la derecha, un sofá con una mesa y un par de sillas. Sobre la mesa, vasos y una garrafa de agua. En primer término, a la derecha, una mesa más pequeña, flanqueada por una mecedora y un sillón. Tres lámparas de trabajo están encendidas: una sobre la mesa de la sala de dibujo, otra sobre la del rincón y la última sobre el pupitre.)
(En la sala de dibujo, Knut Brovik y su hijo Ragnar se ocupan en cálculos y construcciones. De pie, ante el pupitre del estudio, Kaia Fosli escribe en el libro mayor. Knut Brovik es un viejo flaco, con el pelo y la barba blancos. Lleva un sobretodo negro, un tanto desgastado aunque bien conservado, unas gafas y, al cuello, un pañuelo blanco, algo amarillento. Ragnar Brovik tiene alrededor de treinta años, va bien vestido, es rubio y está un poco encorvado. Kaia Fosli es una joven de unos veinte años, de constitución endeble, que va vestida con esmero pero es de aspecto enfermizo. Lleva una visera verde sobre los ojos.
Durante un rato, los tres trabajan en silencio.)

Knut Brovik *(se levanta sobresaltado de la mesa de dibujo, como angustiado, y se dirige al vano de la puerta con la respiración entrecortada).—* ¡Basta! ¡Ya no lo aguanto mucho más!

Kaia *(se acerca a él).—* Esta noche no te encuentras bien, ¿verdad, tío?

BROVIK.— Ay, tengo la sensación de que cada día estoy peor.
RAGNAR *(que se ha levantado y se acerca a ellos).*— Lo mejor sería que te fueras a casa, padre, que intentaras dormir un poco…
BROVIK *(impaciente).*— ¿Que me meta en la cama? ¿Pretendes que directamente me ahogue?
KAIA.— Pues entonces podrías salir a dar una vuelta.
RAGNAR.— Sí, eso. Yo te acompaño.
BROVIK *(con vehemencia).*— ¡No me marcho de aquí hasta que venga! Hoy pienso hablarle con franqueza… *(rabia contenida)* a él… al patrón.
KAIA *(angustiada).*— ¡Ay, no, tío! ¡Por favor, deja eso para más adelante!
RAGNAR.— ¡Sí, padre, sería mejor dejarlo para más adelante!
BROVIK *(que respira con dificultad).*— ¡Ja! ¡Ja! No me queda mucho tiempo para andar retrasándolo.
KAIA *(aguzando el oído).*— ¡Chis! ¡Lo oigo subir por las escaleras!

(Los tres vuelven a su trabajo. Breve silencio.)
(El constructor Halvard Solness entra por la puerta del vestíbulo. Es un hombre algo entrado en años pero sano y fuerte, con el pelo corto y rizado, un bigote estilo prusiano y cejas oscuras y espesas. Lleva una chaqueta abotonada de color verde musgo con cuello alzado y solapas anchas; sobre la cabeza, un sombrero gris de fieltro blando y, bajo el brazo, un par de carpetas.)

CONSTRUCTOR SOLNESS *(junto a la puerta, señala la sala de dibujo y pregunta susurrando).*— ¿Se han ido ya?
KAIA *(en voz baja, niega con la cabeza).*— No. *(Se quita la visera de los ojos.)*

(Solness avanza por la habitación, arroja el sombrero sobre una silla, deja las carpetas sobre la mesa del sofá y luego

regresa hacia el pupitre. Kaia no ha dejado de escribir, pero parece nerviosa e inquieta.)

SOLNESS *(en alto).—* ¿Qué es lo que está usted anotando ahí, señorita Fosli?

KAIA *(sobrecogida).—* Ay, no es más que…

SOLNESS.— Déjeme ver, señorita. *(Se inclina sobre ella, hace como si estudiara el libro mayor y susurra:)* ¿Kaia?

KAIA *(escribiendo, en voz baja).—* ¿Sí?

SOLNESS.— ¿Por qué se quita usted siempre la visera cuando llego yo?

KAIA *(igual que antes).—* Pues porque me queda muy mal, estoy muy fea.

SOLNESS *(sonríe).—* ¿Y no quisiera estarlo, Kaia?

KAIA *(alza un momento la vista).—* Por nada del mundo. No ante usted.

SOLNESS *(le acaricia levemente el pelo).—* Pobre, pobrecita Kaia…

KAIA *(agacha la cabeza).—* ¡Chis, podrían oírle!

(Solness da unos pasos hacia la derecha, se vuelve y se detiene junto a la puerta de la sala de dibujo.)

SOLNESS.— ¿Ha venido alguien preguntando por mí?

RAGNAR *(levantándose).—* Sí, han venido los jóvenes que quieren construirse la villa, allá fuera, en Løvstrand.

SOLNESS *(socarronamente).—* Vaya, con que los jóvenes, ¿eh? Pues tendrán que esperar. Aún no tengo claras las ideas.

RAGNAR *(más cerca, algo vacilante).—* Tenían mucho interés en conseguir los planos lo antes posible.

SOLNESS *(igual que antes).—* ¡Jesús! ¡Eso mismo quieren todos!

BROVIK *(alzando la mirada).—* Al parecer están ansiosos por mudarse a una casa propia.

SOLNESS.— Ya, ya. ¡Si lo sabré yo! Y luego se conforman con cualquier cosa. Se hacen con una de esas… viviendas. Una especie de refugio, nada más. Porque un hogar, desde luego, no es. ¡Ni hablar! Para eso, que acudan a otro. Dígaselo cuando vuelvan.
BROVIK *(se sube las gafas a la frente y lo mira pasmado)*.— ¿Que acudan a otro? ¿Renunciaría usted a este proyecto?
SOLNESS *(con impaciencia)*.— ¡Que sí! ¡Que sí, mierda! Si no queda más remedio… Mejor renunciar que andar construyendo sin ton ni son. *(Exclamando.)* Además, ¡casi no los conozco!
BROVIK.— Pues es gente solvente. Ragnar sí que los conoce, frecuenta a la familia. Una gente muy solvente.
SOLNESS.— ¡Bah! ¡Solvente, solvente! Que no me refiero a eso, ni mucho menos. Por Dios, ¿ya no me entiende ni *usted*? *(Con vehemencia.)* No quiero saber nada de esos desconocidos. ¡Por mí que acudan a quien les dé la gana!
BROVIK *(se levanta)*.— ¿Lo está diciendo en serio?
SOLNESS *(malhumorado)*.— Desde luego que sí… por *una* vez.

(Da unos pasos hacia delante.)
(Brovik intercambia una mirada con Ragnar, quien le responde con un gesto disuasorio, y luego se dirige a la habitación delantera.)

BROVIK.— ¿Me permitiría hablar un momento con usted?
SOLNESS.— Claro.
BROVIK *(a Kaia)*.— Tú métete ahí mientras tanto.
KAIA *(inquieta)*.— Ay, pero, tío…
BROVIK.— Haz como te digo, niña. Y cierra la puerta.

(Kaia da unos pasos reluctantes hacia la sala de dibujo, dirige a Solness una mirada asustada y suplicante y cierra la puerta.)

Brovik *(bajando la voz).—* No quiero que estas pobres criaturas sepan lo mal que estoy.
Solness.— Sí. Lleva usted unos días con muy mala cara.
Brovik.— Se me está acabando el tiempo. Pierdo fuerzas… de un día para otro.
Solness.— Siéntese un poco.
Brovik.— Gracias, con su permiso.
Solness *(coloca un poco mejor el sillón).—* Ya está, siéntese. ¿Y bien?
Brovik *(que se ha sentado con dificultad).—* Bueno, es por lo de Ragnar. *Eso* es lo que más me pesa. ¿Qué va a ser de él?
Solness.— Su hijo, naturalmente, se quedará conmigo todo el tiempo que quiera.
Brovik.— Pero *eso* es precisamente lo que no quiere. Lo que no le parece que pueda hacer… que pueda seguir haciendo.
Solness.— Vaya, pues yo diría que está bastante bien remunerado. Pero si lo que quiere es un aumento, estaría dispuesto a…
Brovik.— ¡No, no! No se trata de eso, en absoluto. *(Con impaciencia.)* Pero ¡antes o después tendrá que empezar a trabajar por su cuenta!
Solness *(sin mirarlo).—* ¿Piensa usted que Ragnar tiene el talento necesario para hacerlo?
Brovik.— Pues mire, no, eso es lo espantoso, que he empezado a dudar del chico. Porque usted no le ha dicho nunca… ni una palabra de ánimo. Aunque, por otro lado, me parece imposible que no tenga talento. *Tiene* que tenerlo.

SOLNESS.— Bueno, la verdad es que no ha aprendido gran cosa… al menos en profundidad. Excepto delinear.

BROVIK *(lo mira con odio reprimido y dice con voz ronca).—* Usted tampoco sabía gran cosa del oficio cuando trabajaba para mí. Pero aun así, se aventuró a probar. *(Toma aire pesadamente.)* Dio el gran salto. Y me desbancó a mí… y a muchos otros.

SOLNESS.— Sí, verá… Las cosas se allanaron para *mí*.

BROVIK.— En eso tiene razón. Todo se allanó para usted. Pero tampoco puede ser tan despiadado como para dejar que me vaya a la tumba… sin comprobar de lo que Ragnar es capaz. Y además, antes de irme… quisiera también verlos casados.

SOLNESS *(tajante).—* ¿Es ella quien lo quiere así?

BROVIK.— Kaia no tanto, pero Ragnar anda todo el día hablando de eso. *(Suplicando.)* ¡Ahora *tiene* usted… *tiene* usted que apoyarlo en un proyecto independiente! *Necesito* ver algo que haya hecho el chico. ¡¿Me oye?!

SOLNESS *(enojado).—* ¡Mierda! ¡Tampoco puedo sacarme de la manga un encargo para él!

BROVIK.— Ragnar podría conseguir un encargo estupendo ahora mismo. Un gran proyecto.

SOLNESS *(inquieto, asombrado).—* ¿Podría?

BROVIK.— Si usted diera su consentimiento.

SOLNESS.— ¿De qué tipo de proyecto se trata?

BROVIK *(vacilando un poco).—* Podría construir la villa en Løvstrand.

SOLNESS.— ¡La villa! ¡Pero si la voy a construir yo!

BROVIK.— Bueno, no parece que tenga demasiadas ganas de hacerlo.

SOLNESS *(acalorado).—* ¿Que no tengo ganas? ¿Yo? ¿Quién se atreve a decir eso?

BROVIK.— Pero si lo acaba de decir usted.

Solness.— Ah, ya, nunca haga caso… de lo que yo… *diga*. ¿Y dejarían que Ragnar les construyera la casa?

Brovik.— Sí, puesto que conoce a la familia. Además, solo por entretenerse, ha hecho ya unos planos y unos presupuestos y todo…

Solness.— Y esos planos, ¿les han gustado? ¿A los que van a vivir allí?

Brovik.— Sí, con tal de que usted los revisara y los aprobara, ellos…

Solness.— ¿Permitirían que Ragnar les construyera un hogar?

Brovik.— Les ha gustado muchísimo lo que quiere hacer. Dicen que les parece algo muy nuevo.

Solness.— ¡Vaya! ¡Nuevo! ¡No el tipo de antiguallas que suelo construir *yo*!

Brovik.— Les ha parecido algo *distinto*.

Solness *(con amargura reprimida)*.— ¡Así que en realidad era a Ragnar a quien venían a ver… cuando yo estaba fuera!

Brovik.— Han venido para saludarlo a usted. Y para preguntarle si estaría dispuesto a renunciar...

Solness *(acalorado)*.— ¿Renunciar? ¿Yo?

Brovik.— En caso de que le pareciera que los planos de Ragnar…

Solness.— ¡Yo! ¡Renunciar por su hijo!

Brovik.— Se referían a renunciar a *este* acuerdo.

Solness.— En fin, viene a ser lo mismo. *(Se ríe con amargura.)* ¡Ya veo, ya! ¡Así que Halvard Solness… de pronto iba a empezar a renunciar! ¡A ceder su sitio a los jóvenes. ¡A los más jóvenes, incluso! ¡Ceder su sitio! ¡Su sitio! ¡Su sitio!

Brovik.— ¡Por Dios! Como si no hubiera sitio para más de uno…

SOLNESS.— Ah, tampoco es que haya aquí tantísimo sitio. En fin, que sea lo que Dios quiera. ¡Pero yo no renunciaré nunca! ¡Jamás le cederé mi sitio a nadie! Por propia voluntad, nunca. ¡Nunca jamás!
BROVIK *(se levanta con dificultad).*— ¿Entonces voy a tener que abandonar esta vida sin seguridad alguna? ¿Sin alegría? ¿Sin creer ni confiar en Ragnar? ¿Sin ver una sola obra suya? ¿Es eso?
SOLNESS *(se gira un poco hacia un lado y murmura).*— Mmm… no pregunte usted más.
BROVIK.— Claro que pregunto, respóndame de una vez. ¿Voy a abandonar esta vida en la miseria?
SOLNESS *(da la impresión de luchar consigo mismo; por fin, con la voz sorda pero firme, dice).*— Tendrá usted que abandonar esta vida como buenamente sepa y pueda.
BROVIK.— Así tendrá que ser, pues.

(Da unos pasos por la habitación.)

SOLNESS *(lo sigue, medio desesperado).*— ¡Es que no puedo hacer nada, compréndalo! ¡Yo soy como soy! ¡Y tampoco puedo cambiar!
BROVIK.— Ya, ya… Supongo que no puede. *(Se tambalea y se detiene ante la mesa del sofá.)* ¿Me permite tomar un vaso de agua?
SOLNESS.— Adelante. *(Sirve un vaso y se lo tiende.)*
BROVIK.— Gracias. *(Bebe y vuelve a dejar el vaso.)*

(Solness se dirige a la sala de dibujo y abre la puerta.)

SOLNESS.— Ragnar, venga aquí y acompañe a su padre a casa.

(Ragnar se apresura a levantarse. Kaia y él entran en el estudio.)

RAGNAR.— ¿Qué pasa, padre?
BROVIK.— Cógeme del brazo, que nos vamos.
RAGNAR.— Está bien. Vístete tú también, Kaia.
SOLNESS.— La señorita Fosli va a tener que quedarse. Un rato, nada más. Tengo una carta que escribir.
BROVIK *(mira a Solness).*— Buenas noches. Que duerma usted bien, si es que puede.
SOLNESS.— Buenas noches.

(Brovik y Ragnar salen por la puerta del vestíbulo. Kaia vuelve al pupitre. Solness permanece de pie, junto al sillón, con la cabeza gacha.)

KAIA *(con inseguridad).*— ¿Quería usted… una carta...?
SOLNESS *(cortante).*— No, claro que no. *(La mira con severidad.)* ¡Kaia!
KAIA *(con miedo, en voz baja).*— ¿Sí?
SOLNESS *(señala el suelo con el dedo, autoritariamente).*— ¡Venga aquí! ¡Enseguida!
KAIA *(vacilante).*— Sí.
SOLNESS *(igual que antes).*— ¡Más cerca!
KAIA *(obedece).*— ¿Qué quiere usted de mí?
SOLNESS *(la mira durante un rato).*— ¿Es a *usted* a quien tengo que agradecer todo esto?
KAIA.— ¡No! ¡No! ¡No vaya a pensar eso!
SOLNESS.— Pero lo de casarse… es lo que quiere, ¿no?
KAIA *(en voz baja).*— Ragnar y yo llevamos prometidos cuatro… cinco años, así que…
SOLNESS.— Así que piensa que ha llegado el momento de poner fin a esta situación. ¿No es así?
KAIA.— Ragnar y mi tío dicen que *debo* hacerlo. Así que tendré que hacer como me dicen.
SOLNESS *(en un tono más suave).*— Kaia, ¿no será que en el fondo también quiere usted un poco a Ragnar?

KAIA.— A Ragnar lo quise muchísimo, en su momento… Antes de llegar a esta casa.
SOLNESS.— ¿Pero ya no? ¿Nada en absoluto?
KAIA *(con pasión, juntando las manos ante él).—* ¡Ay! ¡Ya sabe que ahora solo quiero a uno! ¡Y a nadie más en todo el mundo! ¡Nunca querré a ningún otro!
SOLNESS.— Sí, eso es lo que me dice usted. ¡Pero luego va y me abandona! Me deja aquí solo con todo.
KAIA.— Pero… ¿No podría quedarme con usted, aunque Ragnar…?
SOLNESS *(rechazando la idea).—* No, no, eso no puede ser. Si Ragnar se marcha y empieza a trabajar por su cuenta, va a necesitarla.
KAIA *(retorciéndose las manos).—* ¡Ay! ¡No creo que *pueda* separarme de usted! ¡Me parece completamente, completamente imposible!
SOLNESS.— Pues entonces procure quitarle esas tonterías de la cabeza a Ragnar. Cásese con él si le da la gana… *(Cambiando el tono.)* En fin, quiero decir… consiga que se quede aquí, en este trabajo tan bueno que tiene. Así podré tenerla a usted también conmigo, querida Kaia.
KAIA.— ¡Ay, sí! ¡Sería maravilloso que pudiera arreglarse así!
SOLNESS *(le coge la cabeza con ambas manos y susurra).—* Porque yo no puedo estar sin usted, ¿comprende? La necesito aquí absolutamente todos los días.
KAIA *(arrebatada y nerviosa).—* ¡Dios mío! ¡Dios mío!
SOLNESS *(la besa en el pelo).—* ¡Kaia…! ¡Kaia!
KAIA *(se arrodilla ante él).—* ¡Ay, qué bueno es usted conmigo! ¡Es increíble lo bueno que es!
SOLNESS *(airado).—* ¡Levántese! ¡Levántese, mier…! ¡Me ha parecido oír a alguien!

(La ayuda a levantarse. Ella vuelve a su pupitre tambaleándose.)
(La señora Solness entra por la puerta de la derecha. Está delgada y tiene aspecto abatido, pero conserva rastros de su antigua belleza. Tirabuzones rubios. Va vestida con elegancia, completamente de negro. Habla un tanto despacio y con un tono quejumbroso.)

SEÑORA SOLNESS *(en el vano de la puerta).—* ¡Halvard!
SOLNESS *(se gira).—* Ah, ¿estás ahí, querida…?
SEÑORA SOLNESS *(dirige una mirada a Kaia).—* Parece que interrumpo, por lo que veo.
SOLNESS.— En absoluto. La señorita Fosli solo tiene que escribirme una carta breve.
SEÑORA SOLNESS.— Sí, ya lo veo.
SOLNESS.— ¿Y qué era lo que querías de mí, Aline?
SEÑORA SOLNESS.— Solo quería decirte que tengo al doctor Herdal sentado en el salón. ¿Tal vez querrías unirte a nosotros, Halvard?
SOLNESS *(la mira con desconfianza).—* Mmm… ¿Es que el doctor tiene mucha prisa por hablar conmigo?
SEÑORA SOLNESS.— No, tampoco se puede decir que tenga mucha prisa. Se ha pasado por aquí para hacerme una visita. Y, de paso, habría querido saludarte a ti también.
SOLNESS *(ríe calladamente).—* Ya me imagino, ya. En fin, tendrás que pedirle que espere un poco.
SEÑORA SOLNESS.— ¿Entonces pasarás a saludarlo más tarde?
SOLNESS.— Tal vez. Más tarde… Más tarde, querida. Dentro de un rato.
SEÑORA SOLNESS *(mira de nuevo a Kaia).—* Bueno, con tal de que no se te olvide, Halvard… *(Se retira y cierra la puerta tras de sí.)*
KAIA *(en voz baja).—* ¡Dios mío! ¡Dios mío! ¡Creo que la señora piensa mal de mí!

Solness.— Ah, en absoluto. No más de lo normal, por lo menos. Pero de todos modos será mejor que se vaya, Kaia.

Kaia.— Sí, sí, me tengo que ir ya.

Solness *(con severidad).—* Y luego me soluciona usted ese otro asunto. ¡¿Me oye?!

Kaia.— Ay, si estuviera en *mi* mano…

Solness.— ¡Le digo que *quiero* que lo solucione! ¡Mañana mismo!

Kaia *(angustiada).—* Si no queda más remedio, no me importará romper con él.

Solness *(enojado).—* ¡Romper con él! ¿Se ha vuelto usted completamente loca? ¿Quiere romper con él?

Kaia *(desesperada).—* Sí, lo prefiero. Porque *tengo* que… ¡*Tengo* que conseguir quedarme con usted! ¡No puedo abandonarle! ¡Eso es completamente… completamente imposible!

Solness *(explota).—* ¡Mierda! ¿Y Ragnar qué? Pero si es precisamente a Ragnar a quien…

Kaia *(lo mira con ojos espantados).—* ¿Es sobre todo por Ragnar por lo que quiere usted...?

Solness *(se domina).—* ¡Ah, no! ¡Claro que no! No entiende usted nada. *(En voz baja y con suavidad.)* Claro que es a *usted* a quien quiero retener. Ante todo a usted, Kaia. Pero justamente por eso, tiene que conseguir que Ragnar también se quede. Bueno, bueno… Váyase ya a casa.

Kaia.— Sí, sí, buenas noches, pues.

Solness.— Buenas noches. *(En el momento en que se va a marchar.)* ¡Ah, un momento, escuche! ¿Los planos de Ragnar siguen ahí dentro?

Kaia.— Sí, no vi que se los llevara.

SOLNESS.— Pues entonces tráigamelos. Puede que les eche un vistazo a pesar de todo.
KAIA *(con alegría)*.— ¡Ay, sí! Por favor, ¡hágalo!
SOLNESS.— Por usted, querida Kaia. En fin, ¡tráigamelos enseguida! ¿Me oye?

(Kaia se precipita hacia la sala de dibujo, rebusca atemorizada en el cajón de la mesa y saca una carpeta que trae de vuelta.)

KAIA.— Aquí están todos los planos.
SOLNESS.— Bien. Déjelos ahí, sobre la mesa.
KAIA *(deja la carpeta)*.— Buenas noches, pues. *(Suplicante.)* Y piense usted en mí con cariño, sea bueno.
SOLNESS.— Oh, eso hago siempre. Buenas noches, mi pequeña Kaia. *(Mira hacia la derecha.)* ¡Y váyase ya!

(La señora Solness y el doctor Herdal entran por la puerta de la derecha. El doctor es un caballero de cierta edad, rechoncho, de rostro circular, aspecto complacido, lampiño y con escaso pelo rubio. Lleva unas gafas de oro.)

SEÑORA SOLNESS *(todavía en la puerta)*.— Halvard, ya no puedo retener más al doctor.
SOLNESS.— En fin, pues pase, pase.
SEÑORA SOLNESS *(a Kaia, que está atenuando la luz de la lámpara del pupitre)*.— ¿Ya ha terminado usted la carta, señorita?
KAIA *(confusa)*.— ¿La carta…?
SOLNESS.— Sí, era una carta bastante breve.
SEÑORA SOLNESS.— Muy breve ha debido de ser.
SOLNESS.— Ya se puede ir, señorita Fosli. Y mañana no se retrase.
KAIA.— Descuide. Buenas noches, señora.

(Sale a través de la puerta del vestíbulo.)

SEÑORA SOLNESS.— Estarás encantado, ¿no, Halvard? De haber encontrado a esta señorita…
SOLNESS.— Sí, desde luego. Me conviene en muchos sentidos.
SEÑORA SOLNESS.— Eso parece.
DOCTOR HERDAL.— ¿También se le da bien la contabilidad?
SOLNESS.— En fin… algo de experiencia sí que ha adquirido en estos dos años. Y luego es buena, y muy dispuesta para lo que sea.
SEÑORA SOLNESS.— Sí, tiene que ser muy cómodo…
SOLNESS.— Lo es. Sobre todo cuando no estás acostumbrado a que te mimen gran cosa.
SEÑORA SOLNESS *(con un leve reproche en la voz)*.— ¿Cómo puedes decir eso, Halvard?
SOLNESS.— Oh, no, no, querida Aline. Te pido disculpas.
SEÑORA SOLNESS.— Disculpado quedas. En fin, doctor, ¿entonces vuelve usted luego para tomar el té con nosotros?
DOCTOR HERDAL.— En cuanto haya visitado a mi paciente, vuelvo.
SEÑORA SOLNESS.— Se lo agradezco.

(Sale por la puerta de la derecha.)

SOLNESS.— ¿Tiene usted prisa, doctor?
DOCTOR HERDAL.— No, en absoluto.
SOLNESS.— ¿Podría hablar un momento con usted?
DOCTOR HERDAL.— Con mucho gusto.
SOLNESS.— Pues vamos a sentarnos.

(Indica al doctor que se siente en la mecedora, mientras que él se sienta en el sillón.)

SOLNESS *(lo mira tentativamente).—* Dígame, ¿no ha notado usted nada en Aline?
DOCTOR HERDAL.— ¿Quiere decir ahora mismo, cuando ha estado aquí?
SOLNESS.— Sí. En su actitud hacia *mí*. ¿No ha notado nada?
DOCTOR HERDAL *(sonríe).—* Pues, mierda, sí… no he podido evitar darme cuenta de que… de que su mujer… mmm…
SOLNESS.— ¿Sí?
DOCTOR HERDAL.— …de que su mujer no tiene muy buena opinión de la señorita Fosli.
SOLNESS.— ¿Nada más? Eso ya lo he notado yo.
DOCTOR HERDAL.— Y tampoco es que sea tan raro.
SOLNESS.— ¿El qué?
DOCTOR HERDAL.— Pues que le disguste que pase usted todo el día cerca de otra mujer.
SOLNESS.— Ya, ya, puede que tenga usted razón. Y puede que Aline también. Pero este asunto… no puede ser de otra manera.
DOCTOR HERDAL.— ¿No podría encontrar a un oficinista?
SOLNESS.— ¿Un tipo cualquiera? No, gracias… No me conviene.
DOCTOR HERDAL.— ¿Pero ya que su mujer…? Con lo débil que está… ¿Ya que no soporta verlo…?
SOLNESS.— Por Dios, pues va a tener que aguantarlo… casi lo diría así. Kaia Fosli *tiene* que quedarse aquí. Solo me sirve ella.
DOCTOR HERDAL.— ¿Solo ella?
SOLNESS *(tajante).—* Sí, solo ella.
DOCTOR HERDAL *(acercando su silla).—* Escúcheme, querido señor Solness. ¿Me permitiría una pregunta confidencial?
SOLNESS.— Sí, adelante.

Doctor Herdal.— Verá, las mujeres… para ciertas cosas tienen mucho olfato…
Solness.— Sí que lo tienen. Cierto y verdadero. ¿Pero…?
Doctor Herdal.— En fin, escúcheme. Si su esposa no soporta a esta señorita Fosli…
Solness.— Sí, ¿qué?
Doctor Herdal.— ¿No será que tiene algún motivo… algún diminuto motivo para sentir ese rechazo espontáneo?
Solness *(lo mira y se pone en pie).*— ¡Ya veo!
Doctor Herdal.— No se lo tome a mal, pero ¿acaso no lo tiene?
Solness *(en tono seco y decidido).*— No.
Doctor Herdal.— ¿Así que no tiene el más mínimo motivo?
Solness.— No tiene más motivos que su propia desconfianza.
Doctor Herdal.— Sé que en su vida ha conocido usted a un número considerable de mujeres.
Solness.— Eso es cierto.
Doctor Herdal.— Y que tenía usted bastante buena opinión de algunas de ellas.
Solness.— Ya, eso también es cierto.
Doctor Herdal.— ¿Pero en esto de la señorita Fosli…? ¿No hay nada de eso en juego?
Solness.— No. Nada en absoluto… por *mi* parte.
Doctor Herdal.— Pero... ¿y por la suya?
Solness.— En mi opinión, no tiene usted derecho a preguntarme eso, doctor.
Doctor Herdal.— Estábamos hablando del olfato de su esposa.
Solness.— Así es. Y en cierto sentido… *(Amortigua la voz.)* El olfato de Aline, como lo llama usted… hasta cierto punto… ha demostrado su valía, eso es verdad.
Doctor Herdal.— ¡Vaya! ¡Ya me parecía a mí!

SOLNESS *(se sienta).—* Doctor Herdal… Le voy a contar una historia curiosa. Si es que quiere oírla…
DOCTOR HERDAL.— Siempre disfruto de las historias curiosas.
SOLNESS.— En fin, pues muy bien. Seguro que recuerda que Knut Brovik y su hijo empezaron a trabajar para mí… en aquella ocasión, cuando las cosas se torcieron para el viejo.
DOCTOR HERDAL.— Conozco más o menos la historia, sí.
SOLNESS.— Pues, verá, en el fondo esos dos tipos son bastante buenos en lo que hacen. Tienen talento, cada uno a su manera. Pero luego, al hijo se le metió en la cabeza prometerse. Y después, como es natural, quiso casarse y… empezar a construir por su cuenta. Porque ahora todos piensan en esas cosas, los jóvenes.
DOCTOR HERDAL *(se ríe).—* Sí, tienen la mala costumbre de querer juntarse entre ellos.
SOLNESS.— En fin, pero es que a mí eso no me conviene, porque Ragnar me resulta útil. Y el viejo también. Se le da muy bien eso de calcular estructuras y lo de cubicar… y todo ese jaleo.
DOCTOR HERDAL.— Ya, bueno, supongo que eso también forma parte del oficio.
SOLNESS.— Sí que forma parte, es verdad. Pero es que Ragnar estaba empeñado en empezar por su cuenta. No había manera de disuadirlo.
DOCTOR HERDAL.— Bueno, pero sigue con usted.
SOLNESS.— Ya, pero escúcheme. Un día, la chica, Kaia Fosli, vino a verlos para darles un recado. Era la primera vez que venía. Y al ver lo enamoradísimos que estaban, se me ocurrió una idea: si conseguía que ella empezara a trabajar en la oficina, tal vez Ragnar también se quedara.
DOCTOR HERDAL.— Bueno, era una suposición bastante razonable.

SOLNESS.— Sí, pero es que en aquel momento no dije una sola palabra sobre el asunto. Me limité a mirarla… con el intenso deseo de que se quedara aquí conmigo. Más tarde hablé con ella con cierta amabilidad… le dije alguna tontería. Y a continuación se fue.

DOCTOR HERDAL.— ¿Y?

SOLNESS.— Pues que volvió al día siguiente, hacia el atardecer, cuando Ragnar y el viejo Brovik se habían ido a casa, y se comportó como si ella y yo hubiéramos llegado a un acuerdo.

DOCTOR HERDAL.— ¿A un acuerdo? ¿Sobre qué?

SOLNESS.— Pues precisamente sobre lo que yo había pensado al verla, aunque no lo había mencionado ni con una sola palabra.

DOCTOR HERDAL.— Sí que es extraño.

SOLNESS.— Sí, ¿verdad? Y entonces quiso saber cuáles serían sus funciones, si podía empezar a la mañana siguiente y ese tipo de cosas.

DOCTOR HERDAL.— ¿No cree que lo haría para estar cerca de su prometido?

SOLNESS.— Eso mismo pensé yo, al principio, pero no, no era así. Fue como si se alejara completamente de *él*… una vez que hubo venido a mi casa.

DOCTOR HERDAL.— ¿Se alejó de él para acercarse a usted?

SOLNESS.— Sí, total y absolutamente. Cuando estoy detrás de ella y la miro, veo que lo nota. Y en cuanto me acerco a ella, se pone a temblar, y se estremece. ¿Qué opina?

DOCTOR HERDAL.— Mmm… Supongo que se deja explicar.

SOLNESS.— Ya, en fin, pero ¿lo otro? Lo de que la chica creyera que yo le había propuesto algo que solo había querido y deseado… en silencio. En mi interior. Para mis adentros. ¿Qué me dice de eso? ¿Puede explicármelo, doctor Herdal?

DOCTOR HERDAL.— No, no me aventuraría a hacerlo.
SOLNESS.— Ya me lo imaginaba, por eso nunca he querido hablar del asunto, hasta ahora… Pero es que a la larga empieza a resultarme verdaderamente molesto, ¿comprende? Tengo que pasarme todo el santo día fingiendo que… Y la verdad es que da lástima, la pobre. *(Vehemente.)* ¡Pero no *puedo* hacer nada! Porque como ella se marche de mi lado… Ragnar también se irá.
DOCTOR HERDAL.— ¿Y no le ha contado a su mujer la verdad sobre este asunto?
SOLNESS.— No.
DOCTOR HERDAL.— Pero, hombre, ¿y por qué no lo hace?
SOLNESS *(lo mira fijamente y dice en voz baja).*— Porque es como si… como si hasta cierto punto me reconfortara martirizarme, dejando que Aline piense mal de mí.
DOCTOR HERDAL *(sacudiendo la cabeza).*— Ahora sí que no entiendo una palabra de lo que dice.
SOLNESS.— Que sí, verá, es como si… como si se me descontara una pequeña parte de una deuda abismal…
DOCTOR HERDAL.— ¿Con su mujer?
SOLNESS.— Sí. Y eso siempre aligera un poco el ánimo. Durante un tiempo es como si se respirara mejor, ¿comprende?
DOCTOR HERDAL.— No, Dios sabe que no comprendo ni una palabra…
SOLNESS *(lo interrumpe levantándose).*— Está bien, está bien… No hablemos más del asunto.

(Deambula por la habitación, regresa y se detiene junto a la puerta.)

SOLNESS *(mira al doctor con una sonrisa picarona).*— Estará usted contento, doctor, de haberme sonsacado, ¿eh?

Doctor Herdal *(algo molesto).—* ¿Sonsacado? Sigo sin entender nada de lo que dice, señor Solness.
Solness.— Oh, vamos, confiese. ¡Mire que me he dado perfecta cuenta!
Doctor Herdal.— ¿De qué se ha dado usted cuenta?
Solness *(bajando la voz, despacio).—* De que, con toda discreción, no me quita usted el ojo de encima.
Doctor Herdal.— *¡Yo!* ¿Y por qué habría de hacer eso?
Solness.— Porque piensa que yo… *(Enojado.)* En fin, mierda… ¡Usted piensa de mí lo mismo que Aline!
Doctor Herdal.— ¿Y qué es lo que piensa *ella* de usted?
Solness *(controlándose de nuevo).—* Ha empezado a pensar que estoy como… como… enfermo.
Doctor Herdal.— ¡Enfermo! *¡Usted!* Su mujer no me ha dicho nunca una palabra sobre eso. ¿Qué enfermedad podría tener, amigo mío?
Solness *(se inclina sobre el respaldo de la mecedora y murmura).—* Aline va por ahí pensando que estoy loco. Eso es lo que piensa.
Doctor Herdal *(levantándose).—* ¡Pero mi queridísimo señor Solness…!
Solness.— ¡Por Dios bendito, claro que sí…! Eso es lo que piensa. ¡Y ha conseguido que *usted* piense lo mismo! Ah, doctor, le puedo asegurar… que me doy perfecta cuenta, se lo noto. Porque le voy a decir una cosa, a mí no es nada fácil engañarme.
Doctor Herdal *(lo mira asombrado).—* Nunca, señor Solness, nunca se me ha pasado por la cabeza nada parecido.
Solness *(con una sonrisa incrédula).—* ¿No? ¿Seguro que no?
Doctor Herdal.— ¡No, nunca! Y seguro que a su mujer tampoco, casi me atrevería a jurarlo.

Solness.— En fin, sería mejor que se abstuviera de hacerlo. Porque verá, hasta cierto punto… tal vez pueda tener motivos para pensar algo así.

Doctor Herdal.— ¡Pero bueno, me veo obligado a…!

Solness *(lo interrumpe y extiende el brazo).*— Está bien, querido doctor… dejemos este asunto en paz. Será mejor que cada uno siga en sus trece. *(Pasa a sonreír alegremente.)* Pero dígame, doctor… mmm…

Doctor Herdal.— ¿Sí?

Solness.— En fin, puesto que no va por ahí pensando que… que yo esté… enfermo… o perturbado… o loco o algo así…

Doctor Herdal.— ¿Sí? ¿Qué quiere decir?

Solness.— Entonces debe de imaginarse que soy un hombre muy feliz, ¿no?

Doctor Herdal.— ¿Y eso tendrían que ser imaginaciones mías?

Solness *(riéndose).*— ¡No, no…! ¡Obviamente! ¡Jesús, María y José! Imagínese, ¡ser el constructor Solness! ¡El mismísimo Halvard Solness! ¡Me doy por contento!

Doctor Herdal.— Sí, la verdad es que a *mí* me parece que ha tenido usted una suerte extraordinaria.

Solness *(reprimiendo una lúgubre sonrisa).*— Y así ha sido, de eso no me puedo quejar.

Doctor Herdal.— Primero se le quemó aquella vieja guarida horrorosa. Y no cabe duda de que eso fue un verdadero golpe de suerte.

Solness *(serio).*— Le recuerdo que lo que se quemó fue la casa familiar de Aline.

Doctor Herdal.— Sí, su mujer debió de llevarse un buen disgusto.

Solness.— A día de hoy, no lo ha superado. En estos doce… trece años.

Doctor Herdal.— Lo que pasó después debió de ser lo más duro para ella.
Solness.— Tanto lo uno como lo otro.
Doctor Herdal.— Pero a usted… lo que es a usted… todo eso le propulsó. Cuando empezó no era más que un chico pobre del campo… y ahora es el primero en su gremio. Sí, señor Solness, no cabe duda de que tiene usted estrella.
Solness *(lo mira con desconfianza).—* Pero si es precisamente eso lo que me tiene tan preocupado.
Doctor Herdal.— ¿Está preocupado? ¿Porque tiene estrella?
Solness.— Me paso el día asustado… aterrado. Porque, en algún momento, las tornas tendrán que cambiar, ¿comprende?
Doctor Herdal.— ¡Bah! ¿Y qué podría provocar ese cambio?
Solness *(con seguridad y firmeza).—* La juventud.
Doctor Herdal.— ¡Pss! ¡La juventud! No tengo yo la sensación de que se esté quedando usted desfasado. Que va… Sin duda, su posición es más firme de lo que ha sido nunca.
Solness.— Las tornas cambiarán. Lo presiento. Y el momento se acerca. Un día me vendrá alguien exigiendo: «¡Apártese! ¡Déjeme pasar!». Y detrás vendrán todos los demás y se abalanzarán sobre mí gritando y amenazando: «¡Haga sitio…! ¡Haga sitio…! ¡Haga sitio!». Sí, doctor, esté atento. Un día de estos la juventud aparecerá por aquí llamando a la puerta…
Doctor Herdal *(se ríe).—* Por Dios, ¿y qué?
Solness.— ¿Y qué? Pues que en ese momento el constructor Solness estará acabado.

(Llaman a la puerta de la izquierda.)

Solness *(da un respingo).—* ¿Qué ha sido eso? ¿Ha oído usted algo?
Doctor Herdal.— Están llamando a la puerta.
Solness *(en voz alta).—* ¡Adelante!

(Hilde Wangel entra por la puerta del vestíbulo. Es de estatura mediana, ágil, esbelta y bien formada. Tiene la piel tostada por el sol. Lleva ropa de excursionista, con las faldas recogidas, cuello de marinero abierto y un sombrerito de marino en la cabeza. Mochila a la espalda, una manta amarrada con una correa y un largo bastón de montaña.)

Hilde Wangel *(se dirige hacia Solness con los ojos resplandecientes de alegría).—* ¡Buenas tardes!
Solness *(la mira aturdido).—* Buenas tardes…
Hilde *(se ríe).—* ¡Casi parece que no me reconoce usted!
Solness.— Bueno… tengo que admitir que… así, de pronto...
Doctor Herdal *(se acerca).—* Pues yo sí que la reconozco, señorita…
Hilde *(contenta).—* ¡Pero bueno, si es usted…!
Doctor Herdal.— Claro que sí. *(Dirigiéndose a Solness.)* Nos conocimos este verano en un refugio de montaña. *(A Hilde.)* ¿Qué ha sido de las demás señoras?
Hilde.— Ah, *esas* se fueron hacia el Oeste.
Doctor Herdal.— Creo que no les gustó mucho que organizáramos tanto jaleo por la noche.
Hilde.— Es verdad, creo que no.
Doctor Herdal *(la amenaza con el dedo).—* Y tampoco se puede negar que coqueteó usted una pizca con nosotros.
Hilde.— Hombre, era bastante más divertido que quedarme tejiendo calcetines con esas señoronas.
Doctor Herdal *(se ríe).—* ¡En eso le doy toda la razón!

SOLNESS.— ¿Ha llegado esta misma tarde a la ciudad?
HILDE.— Sí, acabo de llegar.
DOCTOR HERDAL.— ¿Ha venido sola, señorita Wangel?
HILDE.— ¡Que sí!
SOLNESS.— ¿Wangel? ¿Se apellida usted Wangel?
HILDE *(lo mira con sorpresa burlona)*.— ¿Cómo podría apellidarme si no?
SOLNESS.— Entonces quizá sea hija del médico de allá, en Lysanger.
HILDE *(igual que antes)*.— Sí, ¿de quién iba ser hija si no?
SOLNESS.— En fin, entonces nos conoceríamos allí. El verano que construí el campanario para la vieja iglesia.
HILDE *(más seria)*.— Sí que fue en aquella ocasión, sí.
SOLNESS.— Ya veo, de eso hace mucho tiempo.
HILDE *(lo mira con firmeza)*.— Hace exactamente diez años.
SOLNESS.— Y entonces no sería usted más que una niña, supongo.
HILDE *(con indiferencia)*.— Tendría unos doce… o trece años, por lo menos.
DOCTOR HERDAL.— ¿Es la primera vez que viene a la ciudad, señorita Wangel?
HILDE.— Sí, desde luego que lo es, sí.
SOLNESS.— ¿Y tal vez no conozca usted a nadie aquí?
HILDE.— A nadie aparte de usted. Bueno, y de su señora.
SOLNESS.— ¿Así que también conoce a mi mujer?
HILDE.— Muy poco. Pasamos unos días juntas en el sanatorio…
SOLNESS.— En fin, *allá* arriba.
HILDE.— Me animó a que la visitara, si pasaba por la ciudad. *(Sonríe.)* Aunque la verdad es que no hubiera hecho falta.
SOLNESS.— Qué raro que no me haya comentado nada…

(Hilde apoya su bastón junto a la estufa, se quita la mochila y, junto con la manta, la deja sobre el sofá. El doctor Herdal quiere ayudarla. Solness la mira sin moverse.)

HILDE *(acercándose a él)*.— Bueno, pues entonces quisiera pedirle que me acogiera por esta noche.
SOLNESS.— No habrá ningún problema.
HILDE.— Es que no tengo más ropa que la que llevo puesta. Bueno, aparte de una muda que traigo en la mochila, pero hay que lavarla porque está sucísima.
SOLNESS.— Ah, ya, eso se podrá solucionar. Entonces voy a decirle a mi mujer que…
DOCTOR HERDAL.— Yo, mientras tanto, voy a visitar a mi paciente.
SOLNESS.— Sí, hágalo. Y luego vuelve, ¿verdad?
DOCTOR HERDAL *(burlón, echándole un ojo a Hilde)*.— ¡No le quepa a duda! *(Se ríe.)* ¡Al final ha vaticinado correctamente, señor Solness!
SOLNESS.— ¿A qué se refiere?
DOCTOR HERDAL.— Pues a que, efectivamente, ha venido la juventud a llamar a su puerta.
SOLNESS *(animado)*.— Ya, bueno, pero esto es distinto.
DOCTOR HERDAL.— Cierto. ¡No cabe duda!

(Sale a través del vestíbulo. Solness abre la puerta de la derecha y habla hacia la habitación contigua.)

SOLNESS.— ¡Aline! ¿Serías tan amable de venir, por favor? Ha llegado la señorita Wangel, tú la conoces.
SEÑORA SOLNESS *(asomándose a la puerta)*.— ¿Quién dices que ha llegado? *(Ve a Hilde.)* Ah, ¿es *usted*, señorita? *(Se acerca y le tiende la mano.)* Así que por fin ha venido a la ciudad.

Solness.— La señorita Wangel acaba de llegar. Y pide que le demos cobijo esta noche.
Señora Solness.— ¿Aquí en casa? Sí, claro.
Solness.— Es que tiene que arreglarse un poco la ropa, ¿comprendes?
Señora Solness.— Me ocuparé de usted tan bien como pueda. Simple deber. Su maleta la traen luego, ¿verdad?
Hilde.— No tengo maleta.
Señora Solness.— Bueno, ya se remediará, así lo espero. Pero ahora tendrá que contentarse con la compañía de mi marido mientras yo me encargo de prepararle una habitación para que esté usted a gusto.
Solness.— ¿No podríamos utilizar uno de los cuartos para niños? Porque están completamente preparados…
Señora Solness.— Ah, sí. Allí hay sitio de sobra. *(A Hilde.)* Usted siéntese y descanse un poco.

(Sale por la derecha.)
(Hilde, con las manos a la espalda, se pasea por el estudio mirando alguna que otra cosa. Solness permanece de pie ante la mesa, también con las manos a la espalda, y la sigue con los ojos.)

Hilde *(se detiene y lo mira)*.— ¿Así que tienen ustedes varios cuartos para niños?
Solness.— En esta casa hay tres cuartos para niños.
Hilde.— Qué barbaridad. Entonces es que tiene muchísimos hijos, ¿no?
Solness.— No, no tenemos hijos. Pero puede usted hacer de nuestra hija, mientras esté aquí.
Hilde.— Esta noche sí. Y no pienso llorar. Intentaré dormir como un tronco.
Solness.— Sí, supongo que estará usted muy cansada.

Hilde.— ¡Qué va! Pero aun así… Me resulta tan rabiosamente delicioso eso de tumbarme a soñar…
Solness.— ¿Sueña a menudo por las noches?
Hilde.— ¡Desde luego! Casi siempre.
Solness.— ¿Y con qué sueña usted *más*?
Hilde.— Eso no se lo voy a contar hoy. En otra ocasión, quizá.

(Empieza a recorrer de nuevo la habitación, se detiene junto al pupitre y revuelve un poco los libros y los papeles.)

Solness *(se acerca)*.— ¿Busca algo?
Hilde.— No, solo estoy curioseando todas estas cosas. *(Se da la vuelta.)* ¿Tal vez no *deba*?
Solness.— Sí, sí, adelante.
Hilde.— ¿Es usted quién escribe en este registro tan grande?
Solness.— No, es la contable.
Hilde.— ¿Una mujer?
Solness *(sonríe)*.— Sí, como es obvio.
Hilde.— ¿Una mujer que trabaja con usted?
Solness.— Sí.
Hilde.— ¿Y está casada, esa mujer?
Solness.— No, es una señorita.
Hilde.— Vaya.
Solness.— Pero al parecer se va a casar pronto.
Hilde.— Pues me alegro por *ella*.
Solness.— Pero por *mí*, en cambio, no se alegre demasiado, porque me voy a quedar sin nadie que me ayude.
Hilde.— ¿Y no puede buscarse a alguien que lo haga igual de bien o qué?
Solness.— ¿Tal vez quiera quedarse *usted* y… llevar el registro?

HILDE *(lo mira con desdén).—* ¡Sí, claro! Muchas gracias, pero no… eso no entra en mis planes.

(Vuelve a pasearse por la habitación y luego se sienta en la mecedora. También Solness se acerca a la mesa.)

HILDE *(como si continuara).—* …porque digo yo que habrá mejores cosas que hacer por aquí. *(Lo mira sonriente.)* ¿No está de acuerdo conmigo?
SOLNESS.— Obviamente. Para empezar, supongo, querrá darse una vuelta por las tiendas y ponerse de punta en blanco.
HILDE *(con alegría).—* ¡No! ¡Será mejor que no lo haga!
SOLNESS.— ¿No?
HILDE.— No, porque ya he despilfarrado todo mi dinero, ¿sabe?
SOLNESS *(se ríe).—* ¡Ni dinero ni maleta, entonces!
HILDE.— Ni lo uno ni lo otro. Pero la verdad… es que en estos momentos me importa un pimiento.
SOLNESS.— ¡Mire, *eso* sí que me gusta de usted!
HILDE.— ¿Solo *eso*?
SOLNESS.— Tanto lo uno como lo otro. *(Se sienta en el sillón.)* ¿Vive aún su padre?
HILDE.— Sí, mi padre vive.
SOLNESS.— ¿Quizá tenga pensado estudiar aquí, en la ciudad?
HILDE.— No, no se me ha pasado por la cabeza.
SOLNESS.— Pero se quedará algún tiempo, ¿no?
HILDE.— Eso depende de cómo me vayan las cosas.

(Se queda un rato meciéndose y mirándolo, con expresión medio seria, medio reprimiendo una sonrisa. Luego se quita el sombrerito y lo deja sobre la mesa.)

Hilde.— ¿Constructor Solness?
Solness.— ¿Sí?
Hilde.— ¿Es usted muy olvidadizo o qué?
Solness.— ¿Olvidadizo? No, no que yo sepa.
Hilde.— ¿Entonces es que no tiene ninguna intención de hablar conmigo de lo que pasó allá arriba?
Solness *(sorprendido por un momento).*— ¿Allá en Lysanger? *(Con falta de interés.)* En fin, no creo que haya gran cosa de la que hablar.
Hilde *(lo mira con cara de reproche).*— ¡Cómo puede usted decir algo así!
Solness.— En fin, pues hábleme *usted* de ello.
Hilde.— Cuando el campanario estuvo acabado, hubo grandes celebraciones en la ciudad.
Solness.— Sí, ese día no se me olvidará fácilmente.
Hilde *(sonríe).*— ¿No? ¡Es usted muy amable al decirlo!
Solness.— ¿Amable?
Hilde.— Había una banda de música delante de la iglesia. Se había congregado muchísima gente. Nosotras, las colegialas, íbamos vestidas de blanco. Y todo el mundo llevaba banderitas.
Solness.— Ah, sí, las banderas… ¡Eso sí que lo recuerdo!
Hilde.— Y luego trepó usted por el andamio, derechito hasta la cima. Llevaba una gran corona de flores y la colgó de la punta de la veleta.
Solness *(la interrumpe secamente).*— Es lo que solía hacer en aquellos tiempos. Es una vieja costumbre.
Hilde.— Fue maravilloso. Era tan emocionante estar ahí abajo viéndolo. ¡Y si se hubiera caído! ¡El constructor en persona!
Solness *(como queriendo desviar la conversación).*— Está bien, está bien, sin duda podría haber ocurrido. Porque había un demonio de niña, una de las que iban

vestidas de blanco… que no hacía más que chillar y darme voces…

HILDE *(resplandeciente de alegría).—* «¡Viva el constructor Solness!» ¡Sí!

SOLNESS.— …y movía tanto la banderita que… por poco me empieza a doler la cabeza.

HILDE *(en voz más baja y muy seria).—* Pues aquel demonio de niña… era yo.

SOLNESS *(clava en ella la mirada).—* Ahora que lo dice, no me cabe duda. Tenía que ser usted.

HILDE *(de nuevo con viveza).—* Es que aquello fue tan delicioso, y tan emocionante... Fue tremendo. Me parecía imposible que hubiera ningún otro constructor en todo el mundo capaz de erigir un campanario tan alto. ¡Y para colmo subió usted mismo hasta la cima! ¡Llegó vivo y coleando! Y no se mareó ni un poquito. Eso fue lo más… digamos… vertiginoso.

SOLNESS.— ¿Por qué estaba tan segura de que no…?

HILDE *(rechazando la idea).—* ¡Hombre, por Dios! Lo sentía por dentro. Además, si se hubiera mareado, no se habría puesto a cantar allí arriba.

SOLNESS *(la mira asombrado).—* ¿Cantar? ¿Que yo canté?

HILDE.— Sí, desde luego que cantó.

SOLNESS *(negando con la cabeza).—* No he cantado ni una sola vez en mi vida.

HILDE.— Pues en aquella ocasión sí que cantó. Era como si sonaran arpas en el aire.

SOLNESS *(cavilando).—* Aquí hay algo muy… extraño.

HILDE *(calla un rato, lo mira y dice en voz baja).—* Pero luego… después de aquello… sucedió lo *importante*.

SOLNESS.— ¿Lo importante?

HILDE *(resplandeciente).—* Pero bueno, eso no tendré que recordárselo, ¿no?

SOLNESS.— Ah, sí, recuérdeme eso también, al menos un poco.

HILDE.— ¿No recuerda que luego se celebró un gran banquete en su honor, en el club?

SOLNESS.— Ya recuerdo, sí. Debió de ser aquel mismo día, porque a la mañana siguiente me marché.

HILDE.— Y después de lo del club, estaba invitado a cenar en nuestra casa.

SOLNESS.— Tiene toda la razón, señorita Wangel. Es sorprendente lo bien que recuerda usted todos los pormenores.

HILDE.— ¡Pormenores! Vaya, ¡cómo es usted! ¿También le parece un pormenor que yo estuviera *sola* en el salón cuando llegó usted o qué?

SOLNESS.— ¿Así que estaba usted sola?

HILDE *(sin responderle)*.— En aquella ocasión no me llamó usted demonio de niña.

SOLNESS.— No, supongo que no.

HILDE.— Me dijo que estaba preciosa con aquel vestido blanco. Y que parecía una princesita.

SOLNESS.— Y seguro que lo parecía usted, señorita Wangel. Y además… con lo libre y ligero que me sentía aquel día…

HILDE.— Y luego me dijo que, cuando me hiciera mayor, sería su princesa.

SOLNESS *(se ríe un poco)*.— Vaya, vaya… ¿Así que *eso* le dije?

HILDE.— Sí, eso me dijo. Y cuando le pregunté cuánto tendría que esperar, dijo que volvería al cabo de diez años… como los *trolls*… y que me raptaría. Que me llevaría a España, o algo así. Y que allí me compraría un reino, eso fue lo que me prometió.

SOLNESS *(igual que antes)*.— Ya, después de una buena comida no se repara en gastos, ¿eh? Pero ¿de verdad que dije todo eso?

HILDE *(se ríe calladamente).—* Sí. Y también dijo cómo se llamaría el reino.
SOLNESS.— Vaya, ¿y cómo se iba a llamar?
HILDE.— Dijo que se llamaría Reino de Naranjalia.
SOLNESS.— En fin, es un nombre apetitoso.
HILDE.— Pues no, a mí no me gustó nada. Porque era como si me estuviera tomando el pelo.
SOLNESS.— Pero no tendría yo esa intención.
HILDE.— No, ya supongo. Teniendo en cuenta lo que hizo después…
SOLNESS.— ¡Por Dios! ¿Y qué narices fue lo que hice después?
HILDE.— ¡Solo faltaría que también se le hubiera olvidado eso! Ese tipo de cosas tendrá uno que recordarlas, digo yo.
SOLNESS.— Bueno, bueno, ayúdeme un poco, que tal vez así… Siga.
HILDE *(lo mira fijamente).—* Fue usted y me besó, constructor Solness.
SOLNESS *(boquiabierto, se levanta de la silla).—* ¡¿Eso hice?!
HILDE.— Pues sí, eso hizo. Me agarró entre sus brazos, me echó hacia atrás y me besó. Muchas veces.
SOLNESS.— ¡Pero mi querida señorita Wangel…!
HILDE *(se levanta).—* ¿No pretenderá usted negarlo?
SOLNESS.— ¡Desde luego que lo niego!
HILDE *(lo mira con desdén).—* Vaya.

(Se da la vuelta y se dirige lentamente hacia la estufa, donde se queda de pie, vuelta y con las manos a la espalda. Breve pausa.)

SOLNESS *(se coloca delicadamente a su espalda).—* ¿Señorita Wangel…?

(Hilde permanece callada y no se mueve.)

SOLNESS.— No se quede ahí como un pasmarote. Esto que me acaba de contar tiene que haberlo soñado. *(Posa la mano sobre el brazo de ella.)* Escúcheme…

(Hilde hace un ademán de impaciencia con el brazo.)

SOLNESS *(como si se le ocurriera una idea).—* A no ser que… ¡Espere! ¡Aquí hay algo que va más allá, ya verá!

(Hilde no se mueve.)

SOLNESS *(sosegado, pero enfáticamente).—* Seguro que *pensé* en hacer todo eso. Seguro que *quise*, que *deseé* hacerlo. Seguro que me *apetecía*. Y entonces… ¿No será eso?

(Hilde sigue callada.)

SOLNESS *(con impaciencia).—* En fin, está bien, mierda… ¡Pues entonces será que lo hice!
HILDE *(gira un poco la cabeza, pero sigue sin mirarlo).—* ¿Así que lo está confesando?
SOLNESS.— Sí. Confieso lo que usted quiera.
HILDE.— ¿Confiesa que fue y me agarró entre sus brazos?
SOLNESS.— ¡Que sí!
HILDE.— ¿Y que me echó hacia atrás?
SOLNESS.— Muy hacia atrás.
HILDE.— ¿Y que me besó?
SOLNESS.— Sí, eso fue lo que hice.
HILDE.— ¿Muchas veces?
SOLNESS.— Tantas como usted quiera.
HILDE *(se apresura a girarse hacia él y vuelve a tener la misma expresión de resplandeciente alegría en los ojos).—* ¡Ya ve que al final he conseguido sacárselo!

SOLNESS *(sonríe un poco).—* Sí, fíjese… No sé cómo se me ha podido olvidar algo así.

HILDE *(de nuevo un poco seria, se aparta de él).—* Ya supongo que en sus tiempos habrá besado a muchas mujeres.

SOLNESS.— No vaya a creer *eso* de mí.

(Hilde se sienta en el sillón. Solness permanece de pie, apoyándose en la mecedora.)

SOLNESS *(la contempla).—* ¿Señorita Wangel?

HILDE.— ¿Sí?

SOLNESS.— ¿Cómo fue la cosa? ¿En qué quedó… lo nuestro?

HILDE.— No quedó en nada. Ya lo sabrá usted. Porque entonces llegaron los demás invitados y luego… ¡Puaj!

SOLNESS.— ¡Eso es! Llegaron los demás. Mira que olvidarme de eso también.

HILDE.— Ah, a usted no se le ha olvidado nada, solo que se avergüenza un poco. Una cosa así no se olvida, como entenderá.

SOLNESS.— Ya, no parecería que pudiera olvidarse.

HILDE *(animada de nuevo, lo mira).—* ¿O es que también se le ha olvidado qué día era?

SOLNESS.— ¿Qué día…?

HILDE.— Sí, ¿qué día era cuando subió la corona al campanario? ¿A ver? ¡Dígalo enseguida!

SOLNESS.— Mmm… lo que es el día, le juro que se me ha olvidado. Pero sé que fue hace diez años, hacia el otoño.

HILDE *(asiente varias veces con la cabeza, despacio).—* Fue hace diez años, el 19 de septiembre.

SOLNESS.— Sí, debió de ser más o menos por esas fechas. ¡Mira, incluso de eso se acuerda usted! *(Se interrumpe.)* ¡Pero espere un momento…! Sí… Hoy también es 19 de septiembre.

HILDE.— Sí que lo es. Han pasado los diez años y usted no ha venido… y eso que me lo prometió.

SOLNESS.— ¿Que se lo prometí? Querrá usted decir que la amenacé con hacerlo.

HILDE.— A mí no me pareció una amenaza.

SOLNESS.— En fin, que estaría tomándole un poco el pelo.

HILDE.— ¿Así que eso era todo? ¿Solo quería tomarme el pelo?

SOLNESS.— Vamos, ¡que estaría bromeando un poco! Por Dios, es que no lo recuerdo. Pero algo así tuvo que ser. Porque usted no era más que una niña.

HILDE.— Bueno, tampoco es que fuera tan niña. No era una cría como se piensa usted.

SOLNESS *(la mira inquisitivamente)*.— ¿Me está diciendo completamente en serio que esperaba que yo regresara?

HILDE *(intenta reprimir una sonrisa medio burlona)*.— ¡Que sí! Eso es lo que hubiera esperado yo de usted.

SOLNESS.— ¿Creía que iba a aparecer en su casa para llevármela?

HILDE.— Como hacen los *trolls*, sí.

SOLNESS.— ¿Y que la iba a convertir en princesa?

HILDE.— Eso me prometió.

SOLNESS.— ¿Y que incluso le iba a regalar un reino?

HILDE *(levanta la vista hacia el desván)*.— ¿Y por qué no? Hombre, tampoco hacía falta que fuera un reino normal de verdad.

SOLNESS.— ¿Sino otra cosa igual de buena?

HILDE.— Sí, al menos igual de buena. *(Lo mira un poco.)* Si era usted capaz de construir las torres más altas del mundo, no veo por qué no iba a encontrar la manera de conseguir algún tipo de reino… eso pensaba yo.

SOLNESS *(niega con la cabeza)*.— No acabo de aclararme con usted, señorita Wangel.

HILDE.— ¿Ah no? Y a mí que me parece de lo más sencillo.

SOLNESS.— No, no acabo de entender si habla usted en serio cuando dice todas estas cosas que dice. O si es que está usted bromeando…

HILDE *(sonríe).*— ¿Que también yo le esté tomando el pelo a usted o qué?

SOLNESS.— Sí, exacto. Como si nos estuviera tomando el pelo. A los dos. *(La mira.)* ¿Hace mucho que sabe que estoy casado?

HILDE.— Sí, eso lo he sabido todo el tiempo. ¿Por qué me lo pregunta?

SOLNESS *(simulando indiferencia).*— No sé, simplemente se me ha ocurrido. *(La mira con seriedad y, bajando la voz, dice.)* ¿Por qué ha venido?

HILDE.— Vengo a reclamar mi reino. El plazo ha vencido.

SOLNESS *(se ríe involuntariamente).*— ¡Menuda es usted!

HILDE *(alegremente).*— ¡Vaya entregando mi reino, constructor! *(Tamborilea con el dedo.)* ¡El reino sobre la mesa!

SOLNESS *(acerca la mecedora y se sienta).*— Hablando en serio… ¿Por qué ha venido? Realmente, ¿qué es lo que quiere hacer aquí?

HILDE.— Bueno, para empezar quiero darme unos paseos para ver todo lo que ha construido usted.

SOLNESS.— Pues no le van a faltar cosas que ver.

HILDE.— Sí, con todo lo que ha construido…

SOLNESS.— Sí que lo he hecho, sí. Sobre todo en los últimos años.

HILDE.— ¿Y ha construido también muchos campanarios o qué? ¿De esos tan altísimos?

SOLNESS.— No. Ya no construyo campanarios. Ni iglesias.

HILDE.— ¿Y qué construye, entonces?

SOLNESS.— Hogares para las personas.

HILDE *(reflexionando)*.— ¿Y no podría hacerles un poco de… un poco de torre a esos hogares?
SOLNESS *(sorprendido)*.— ¿A qué se refiere?
HILDE.— Me refiero a… algo que señale… digamos… que señale libremente hacia el cielo. Con una veleta a altura de vértigo.
SOLNESS *(cavilando un poco)*.— Es muy extraño que lo diga. Porque es precisamente eso lo que más me apetece hacer.
HILDE *(con impaciencia)*.— Pero entonces… ¡¿Por qué no lo *hace*?!
SOLNESS *(niega con la cabeza)*.— En fin, porque la gente no lo quiere.
HILDE.— No me lo puedo creer… ¡Mira que no querer!
SOLNESS *(más livianamente)*.— Pero ahora me estoy construyendo una casa nueva. Justo aquí enfrente.
HILDE.— ¿Para usted?
SOLNESS.— Sí, está prácticamente terminada. Y ahí sí que hay una torre.
HILDE.— ¿Una torre alta?
SOLNESS.— Sí.
HILDE.— ¿Muy alta?
SOLNESS.— Supongo que la gente dirá que es demasiado alta, para ser una vivienda.
HILDE.— Esa torre quiero salir yo a verla mañana mismo, a primera hora.
SOLNESS *(se queda mirándola con la mano bajo la mejilla)*.— Dígame, señorita Wangel… ¿Cómo se llama usted? El nombre de pila, me refiero.
HILDE.— Hombre, pues me llamo Hilde.
SOLNESS *(igual que antes)*.— ¿Hilde? ¿Ah sí?
HILDE.— ¿No lo recuerda o qué? Pero si usted mismo me llamó Hilde. Aquel día que fue tan descarado.

SOLNESS.— ¿Así que hice eso también?
HILDE.— Pero en aquella ocasión decía *Hildecita*. Y *eso* no me gustó.
SOLNESS.— ¿Así que *eso* no le gustó, señorita Hilde?
HILDE.— No, en *aquella* ocasión no... Por lo demás... «princesa Hilde»... Eso sonará bastante bien, creo yo.
SOLNESS.— Está bien. Princesa Hilde de... de... ¿Cómo era? ¿Cómo iba a llamarse el reino?
HILDE.— ¡Venga! De esa tontería de reino ya no quiero saber nada. ¡Ahora quiero un reino completamente distinto!
SOLNESS *(se reclina en la silla y sigue mirándola)*.— ¿No le parece extraño...? Cuanto más lo pienso... más tengo la impresión de que me he pasado todos estos años atormentándome con... mmm...
HILDE.— ¿Con qué?
SOLNESS.— Intentando recordar algo... algo que había *vivido*, pero que tenía la sensación de haber olvidado. Y nunca conseguía acordarme de qué podía ser.
HILDE.— Debería haberse hecho un nudo en el pañuelo, constructor.
SOLNESS.— Entonces me habría preguntado a qué venía el nudo.
HILDE.— Ya, supongo que en el mundo también hay *trolls* de ese tipo.
SOLNESS *(se levanta despacio)*.— Cuánto me alegro de que haya acudido a mí en estos momentos.
HILDE *(lo mira intensamente)*.— ¿Se alegra mucho?
SOLNESS.— Es que he estado muy solo. He estado aquí tan desamparado, mirándolo todo... *(En voz más baja.)* Le voy a decir una cosa... he empezado a tenerle mucho miedo... muchísimo miedo a la juventud.
HILDE *(desechando la idea)*.— ¡Bah! ¡Como si la juventud fuera algo que temer!

SOLNESS.— Pues sí, precisamente la juventud. Por eso me he encerrado en casa. *(Con secretismo.)* ¡Que sepa que la juventud va a aparecer por aquí aporreando la puerta! ¡Y la va a derribar!

HILDE.— Pues entonces creo que debería usted salir y abrirle la puerta a la juventud.

SOLNESS.— ¿Abrirle la puerta?

HILDE.— Sí. Para que la juventud pueda acceder a usted. Así por las buenas.

SOLNESS.— ¡No, no, no! Verá, los jóvenes… son el castigo, ¿entiende? Son la punta de lanza del cambio de tornas. Es como si vinieran con un nuevo estandarte.

HILDE *(se levanta, lo mira y, con un temblor en torno a la boca, dice:).*— ¿Puedo serle de alguna utilidad, constructor?

SOLNESS.— ¡Desde luego que puede serme útil! Porque también usted… es como si viniera con un nuevo estandarte, me parece a mí. ¡Jóvenes contra jóvenes, digamos!

(El doctor Herdal entra por la puerta del vestíbulo.)

DOCTOR HERDAL.— Vaya, ¿sigue usted aquí con la señorita?

SOLNESS.— Sí. Teníamos muchas cosas de las que hablar, nosotros dos.

HILDE.— Cosas viejas y nuevas.

DOCTOR HERDAL.— ¿No me diga?

HILDE.— Ah, ha sido divertidísimo. Porque el constructor Solness… resulta que tiene una memoria prodigiosa. Todo tipo de pormenores los recuerda al instante.

(La señora Solness entra por la puerta de la derecha.)

SEÑORA SOLNESS.— Ya está, señorita Wangel, ya tiene la habitación preparada.

Hilde.— ¡Ay, qué buena es usted conmigo!

Solness *(a la señora).*— ¿Uno de los cuartos para niños?

Señora Solness.— Sí, el de en medio. Pero antes creo que quizá deberíamos sentarnos a cenar.

Solness *(asintiendo en dirección a Hilde).*— Hilde va a dormir en uno de los cuartos para niños.

Señora Solness *(lo mira).*— ¿Hilde?

Solness.— Sí, la señorita Wangel se llama Hilde. La conocí cuando era una niña.

Señora Solness.— No me digas, Halvard. En fin, pues adelante. La comida está en la mesa.

(Coge del brazo al doctor Herdal y sale con él por la puerta de la derecha.)
(Entre tanto, Hilde ha recogido sus bártulos.)

Hilde *(en voz baja y apurada, a Solness).*— ¿Es verdad lo que me ha dicho? ¿Puedo serle de utilidad?

Solness *(cogiéndole los bártulos).*— Es usted exactamente lo que estaba echando de menos.

Hilde *(lo mira con asombrados ojos de alegría y junta las manos).*— ¡Qué barbaridad, qué delicia…!

Solness *(expectante).*— ¿Qué?

Hilde.— ¡Pues que ya tengo mi reino!

Solness *(sin querer).*— ¡Hilde…!

Hilde *(de nuevo con un temblor en torno a la boca).*— Casi… quería decir.

(Sale por la derecha. Solness la sigue.)

SEGUNDO ACTO

(Un pequeño salón coquetamente amueblado en casa del constructor Solness. En la pared del fondo, una cristalera que conduce a la terraza y al jardín. A la derecha, en chaflán, un mirador con un gran ventanal y flores. A la izquierda, en otro chaflán, una pequeña puerta empapelada. En cada una de las paredes laterales, una puerta normal. En primer término a la derecha, una consola con un gran espejo. Flores y plantas en abundancia. Delante, a la izquierda, un sofá con una mesa y unas sillas. Más atrás, una vitrina con libros. Ante el mirador, separadas de la pared, una mesita con un par de sillas. Es media mañana.)
(El constructor Solness está sentado ante la mesa pequeña con la carpeta de Ragnar Brovik abierta ante él. Hojea los dibujos y estudia algunos de ellos con detenimiento. La señora Solness se pasea silenciosamente por la habitación con una regadera en la mano, atendiendo las plantas. Va vestida de negro, al igual que antes. Su sombrero, ropa de abrigo y parasol descansan sobre una silla junto al espejo. En un par de ocasiones, Solness la sigue a hurtadillas con la mirada. Ninguno de los dos dice nada.)
(Kaia Fosli entra discretamente por la puerta de la izquierda.)

SOLNESS *(gira la cabeza y dice con indiferencia).—* Vaya, ¿es usted?

KAIA.— Solo quería avisar de que he llegado.

SOLNESS.— Está bien, está bien. Y Ragnar, ¿no habrá llegado también?

KAIA.— No, aún no. Ha tenido que quedarse a esperar al médico. Pero vendrá luego para enterarse…

SOLNESS.— ¿Cómo está hoy el viejo?

KAIA.— Mal. Le pide humildemente que le disculpe, hoy va a tener que quedarse en la cama.
SOLNESS.— Jesús. Por supuesto. Pero usted vuelva al trabajo.
KAIA.— Sí. *(Se detiene junto a la puerta.)* ¿Tal vez quiera hablar con Ragnar cuando llegue?
SOLNESS.— No… no sé, la verdad.

(Kaia vuelve a salir por la izquierda.)
(Solness sigue hojeando los dibujos.)

SEÑORA SOLNESS *(de pie junto a las plantas)*.— Quién sabe, quizá este también se muera.
SOLNESS *(la mira)*.— ¿También? ¿Quién más se muere?
SEÑORA SOLNESS *(sin responder)*.— Que sí, el viejo Brovik… parece que también se muere, Halvard. Ya verás.
SOLNESS.— Querida Aline, ¿no ibas a salir?
SEÑORA SOLNESS.— Sí, la verdad es que iba a salir.

(Continúa arreglando las flores.)

SOLNESS *(inclinado sobre los dibujos)*.— ¿Sigue dormida?
SEÑORA SOLNESS *(lo mira)*.— ¿Estás pensando en la señorita Wangel?
SOLNESS *(con indiferencia)*.— Se me ha venido… a la cabeza.
SEÑORA SOLNESS.— La señorita Wangel hace mucho que se ha levantado.
SOLNESS.— Vaya, ¿sí?
SEÑORA SOLNESS.— Cuando pasé a verla estaba arreglándose la ropa.

(Se coloca ante el espejo y empieza a ponerse el sombrero lentamente.)

SOLNESS *(tras una breve pausa)*.— Parece que al final sí nos ha resultado útil tener un cuarto para niños, Aline, a ti y a mí.

SEÑORA SOLNESS.— Sí, parece que sí.
SOLNESS.— Mejor así que tanto vacío.
SEÑORA SOLNESS.— Este vacío es horrible... En eso tienes razón.
SOLNESS *(cierra la carpeta, se levanta y se aproxima a ella).*— Ya verás, Aline, a partir de ahora nos van a ir mejor las cosas. Será todo mucho más agradable, será más fácil vivir... Sobre todo para ti.
SEÑORA SOLNESS *(lo mira).*— ¿A partir de ahora?
SOLNESS.— Sí, tienes que creerme, Aline.
SEÑORA SOLNESS.— ¿Quieres decir... porque ha llegado *ella*?
SOLNESS *(se controla).*— Quiero decir, como es obvio, cuando nos mudemos a la casa nueva.
SEÑORA SOLNESS *(coge la ropa de abrigo).*— ¿Sí? ¿Eso crees, Halvard? ¿Que *allí* vamos a estar mejor?
SOLNESS.— Estoy completamente seguro. Y sin duda *tú* piensas lo mismo, ¿no?
SEÑORA SOLNESS.— Yo, sobre la casa nueva, no pienso nada en absoluto.
SOLNESS *(airado).*— De verdad que me duele oírte decirlo, porque esa casa la he construido sobre todo por ti.

(Quiere ayudarla a ponerse la ropa de abrigo.)

SEÑORA SOLNESS *(lo rehúye).*— En el fondo haces demasiadas cosas por mí.
SOLNESS *(con cierta vehemencia).*— ¡No, no! ¡No digas eso, Aline! ¡No soporto oírte decir ese tipo de cosas!
SEÑORA SOLNESS.— En fin, pues entonces no las diré, Halvard.
SOLNESS.— Pero yo sigo en mis trece. Ya lo verás, en la casa nueva estarás mejor.
SEÑORA SOLNESS.— ¡Dios mío...! ¡Yo...!

SOLNESS *(vehemente)*.— ¡Que sí! ¡No te quepa duda! Porque *allí*, ya lo verás, habrá muchas cosas que te recordarán a lo tuyo…!

SEÑORA SOLNESS.— A lo que fue de mi padre y de mi madre… Y que ardió… todo.

SOLNESS *(amortiguando el tono)*.— Ya, ya, Aline, pobre. Aquello fue un golpe terrible para ti.

SEÑORA SOLNESS *(estallando en queja)*.— Puedes construir cuanto quieras en este mundo, Halvard… para *mí* nunca conseguirás reconstruir un verdadero hogar.

SOLNESS *(paseando por la habitación)*.— En fin. Pues entonces, en nombre de Dios, no hablemos más del asunto.

SEÑORA SOLNESS.— Bueno, de hecho nunca lo hablamos. Porque enseguida rehúyes el tema…

SOLNESS *(se detiene de pronto y la mira)*.— ¿Que yo rehúyo el tema? ¿Y por qué habría de hacer eso? ¿Rehuir el tema?

SEÑORA SOLNESS.— Ay, sí que lo haces, Halvard, y lo entiendo perfectamente. Intentas por todos los medios evitarme el dolor. Además de disculparme. Todo… lo que puedes.

SOLNESS *(con ojos asombrados)*.— ¿A ti? ¿Hablas de…? ¿Hablas de ti, Aline?

SEÑORA SOLNESS.— Sí, ¿de quién si no?

SOLNESS *(sin querer, para sí mismo)*.— ¡Lo que faltaba!

SEÑORA SOLNESS.— Porque con la vieja casa… aún, con la casa que fuera lo que Dios quiera. Por Dios… una vez que se desata la desgracia, pues…

SOLNESS.— Sí, en eso tienes razón. Sobre la desgracia no rige nadie… como se suele decir.

SEÑORA SOLNESS.— ¡Pero el incendio acarreó tanto horror…! ¡A eso me refiero! ¡Al horror!

SOLNESS *(alterado)*.— ¡Aline! ¡No pienses en eso!

Señora Solness.— Pues sí, precisamente en eso tengo que pensar. Y además tengo que hablarlo, por una vez. Porque empiezo a sentir que no puedo seguir cargando con esto. ¡Y para colmo no tendré nunca derecho a perdonarme…!

Solness *(exclamando).—* ¡Perdonarte!

Señora Solness.— Sí, perdonarme, porque yo tenía deberes en los dos sentidos. Tanto hacia ti como hacia los pequeños. Tendría que haber sido más fuerte. No haberme dejado dominar por el pánico. Ni por el dolor que sentí al ver arder mi hogar. *(Se retuerce las manos).—* ¡Ay, si hubiera sido capaz, Halvard!

Solness *(en voz baja, conmocionado, se le acerca).—* Aline… Tienes que prometerme que nunca vas a volver a pensar eso… Por lo que más quieras, ¡prométemelo!

Señora Solness.— ¡Dios mío! ¡Prometer! ¡Prometer! Por prometer se puede prometer cualquier cosa…

Solness *(se estruja las manos y camina por la habitación).—* ¡Ah, qué desesperación! ¡Ni el más mínimo rayo de sol! ¡Nunca! ¡En este hogar no entra ni una pizca de luz!

Señora Solness.— Pero es que esto no es un hogar, Halvard.

Solness.— Ay, no, mira que decir eso. *(Apesadumbrado.)* Dios sabe si no acabarás teniendo razón cuando dices que tampoco nos va a ir mejor en la casa nueva.

Señora Solness.— Nunca nos irá mejor. Tendremos el mismo vacío, la misma desolación. Tanto da aquí que allí.

Solness *(airado).—* Pero entonces, ¿por qué narices la hemos construido? ¿Me lo puedes decir?

Señora Solness.— No, a eso vas a tener que responderte tú mismo.

Solness *(la mira de reojo y con suspicacia).—* ¿Qué quieres decir con eso, Aline?

SEÑORA SOLNESS.— ¿Que qué quiero decir?
SOLNESS.— ¡Sí, mierda! Lo has dicho de un modo muy extraño, como si fuera con segundas.
SEÑORA SOLNESS.— No, te aseguro que…
SOLNESS *(se le acerca).*— Ah, muchas gracias… Yo sé lo que me digo. Y además veo y oigo, Aline. ¡Créeme!
SEÑORA SOLNESS.— Pero ¿de qué estás hablando? ¿De qué?
SOLNESS *(se sitúa delante de ella).*— En cuanto abro la boca, por inocente que sea lo que digo, ves intenciones ocultas tras mis palabras.
SEÑORA SOLNESS.— ¡Yo! ¿Qué dices? ¿Que yo hago eso?
SOLNESS *(se ríe).*— ¡Ja, ja, ja! ¡Es bastante plausible lo que digo, Aline! Como tienes que andar cargando con un hombre enfermo en la casa…
SEÑORA SOLNESS *(preocupada).*— ¡Enfermo! ¿Estás *enfermo*, Halvard?
SOLNESS *(estallando).*— ¡Medio loco, vamos! ¡Demente! ¡Llámalo como quieras!
SEÑORA SOLNESS *(palpa buscando el respaldo y se sienta).*— ¡Halvard… por Dios que está en el cielo…!
SOLNESS.— Pero os equivocáis, los dos. Tanto tú como el doctor. No es eso lo que me pasa. *(Camina de acá para allá por la habitación. La señora Solness, alarmada, lo sigue con la mirada. Luego él se acerca a ella. Más calmado).*— En realidad no estoy enfermo.
SEÑORA SOLNESS.— ¡¿Verdad que no?! Pero entonces, ¿qué es lo que te pasa?
SOLNESS.— Lo que me pasa es que, a veces, la carga de la deuda es tan terrible que está a punto de derrumbarme…
SEÑORA SOLNESS.— ¿Qué deuda? ¡Pero si tú no estás en deuda con nadie, Halvard!
SOLNESS *(en voz baja, emocionado).*— Tengo una deuda, una culpa sin fondo, contigo… contigo, Aline.

SEÑORA SOLNESS *(se levanta despacio).—* ¿Qué hay detrás de todo esto? Será mejor que me lo digas de inmediato.
SOLNESS.— ¡Pero si no hay nada detrás! Yo nunca te he hecho nada malo. Al menos no a sabiendas ni con intención. Y aun así… siento como si me oprimiera una culpa, como si me aplastara.
SEÑORA SOLNESS.— ¿Una culpa para *conmigo*?
SOLNESS.— Sobre todo para contigo.
SEÑORA SOLNESS.— Entonces… sí que estás enfermo, Halvard.
SOLNESS *(apesadumbrado).—* Supongo que sí. O algo parecido. *(Mira hacia la puerta de la derecha, que se abre.)* ¡Ahí está! ¡Ya llega la luz!

(Entra Hilde Wangel. Ha cambiado alguna
que otra cosa en su traje.
Se ha soltado los bajos de la falda.)

HILDE.— ¡Buenos días, constructor!
SOLNESS *(asiente con la cabeza).—* ¿Ha dormido bien?
HILDE.— ¡De maravilla, ha sido delicioso! Como un bebé. Ay… he estado remoloneando… como una princesa.
SOLNESS *(sonríe un poco).—* Así que se encuentra usted bien a gusto.
HILDE.— Yo diría que sí.
SOLNESS.— Y seguro que además ha soñado.
HILDE.— Sí que he soñado, sí, pero eso ha sido horrible.
SOLNESS.— ¿Y eso?
HILDE.— Pues porque he soñado que me caía por un precipicio. ¿Usted nunca sueña cosas así o qué?
SOLNESS.— Sí… alguna que otra vez sí…
HILDE.— Es tan emocionante… eso de caer y caer.
SOLNESS.— Se sienten escalofríos, me parece a mí.

HILDE.—¿Encoge usted las piernas al caer?
SOLNESS.— Todo lo que puedo.
HILDE.— Eso mismo hago yo.
SEÑORA SOLNESS *(cogiendo el parasol).*— Creo que me voy a tener que ir al centro, Halvard. *(A Hilde.)* A ver si, de paso, le encuentro alguna cosa que pueda serle de utilidad.
HILDE *(quiere lanzarse a su cuello).*— ¡Ay, queridísima y maravillosa señora Solness! ¡De verdad que es usted demasiado buena! Tremenda…
SEÑORA SOLNESS *(eludiéndola, se desembaraza de ella).*— En absoluto. Pero si no es más que mi deber. Y por eso lo hago encantada.
HILDE *(disgustada, frunce la boca).*— Pues a mí me parece que puedo salir a la calle así, perfectamente… con lo bien que he dejado el vestido. ¿O es que no *puedo?*
SEÑORA SOLNESS.— Francamente pienso que más de uno se quedaría mirándola.
HILDE *(desechando la idea).*— ¡Bah! ¿Nada más? Pues eso me hace gracia.
SOLNESS *(con el ánimo ocultamente maligno).*— Ya, pero la gente podría pensar que *también usted* está loca, ¿entiende?
HILDE.— ¿Loca? ¿Es que en esta ciudad hay muchos locos o qué?
SOLNESS *(señalándose la frente).*— Tiene usted uno delante de sus narices, por ejemplo.
HILDE.— ¿Usted? ¡Constructor!
SEÑORA SOLNESS.— ¡Uf! ¡Mi queridísimo Halvard, por favor!
SOLNESS.— ¿Aún no lo ha notado?
HILDE.— No, desde luego que no. *(Se sobrepone y se ríe un poco.)* Bueno, tal vez sí, por una sola cosa.

Solness.— Vaya. ¿La estás escuchando, Aline?

Señora Solness.— ¿Y qué cosa es esa, señorita Wangel?

Hilde.— No pienso decirlo.

Solness.— ¡Ah, sí, dígalo!

Hilde.— No, gracias. Tan loca no estoy.

Señora Solness.— Cuando la señorita Wangel y tú os quedéis solos seguro que te lo dice, Halvard.

Solness.— ¿Así que eso crees?

Señora Solness.— Claro que sí, porque en su momento la conociste bien. Cuando era una niña, según dices.

(Sale por la puerta de la izquierda.)

Hilde *(al poco)*.— ¿Es que a su mujer no le gusto nada?

Solness.— ¿Le ha dado esa impresión?

Hilde.— ¿Usted no lo ha notado o qué?

Solness *(esquivo)*.— Aline se ha vuelto muy huraña en los últimos años.

Hilde.— ¿Encima eso?

Solness.— Pero si llegara a conocerla mejor… Sí, porque es muy buena… y muy amable… y está muy bien, en el fondo.

Hilde *(con impaciencia)*.— Pero si lo es… ¿Por qué tiene que decir esas cosas del deber?

Solness.— ¿Del deber?

Hilde.— Sí, ha dicho que iba a salir a comprarme algo porque era su *deber*, eso ha dicho. ¡Y yo no soporto esa palabra tan fea y tan horrorosa!

Solness.— ¿Y por qué no?

Hilde.— Pues porque suena muy fría y muy cortante y muy punzante. Deber… deber… deber. ¿A usted no se lo parece o qué? ¿No le parece como si pinchara?

Solness.— Mmm, no lo había pensado.

HILDE.— ¡Claro que sí! Y si es tan buena como dice usted, ¿por qué iba a decir esas cosas?

SOLNESS.— Pero, por Dios, ¿y qué tendría que haber dicho?

HILDE.— Pues podría haber dicho que lo iba a hacer porque le gusto muchísimo, o algo así. Algo que fuera realmente cálido y cordial, ¿entiende?

SOLNESS *(la mira)*.— ¿Es así como quiere usted las cosas?

HILDE.— Sí, exactamente así. *(Cruza la habitación, se detiene frente a la vitrina con libros y se queda mirándolos.)* Usted tiene muchísimos libros, eh.

SOLNESS.— Ah, he acumulado unos cuantos.

HILDE.— ¿Y también los lee todos?

SOLNESS.— Antes lo intentaba. ¿Usted lee?

HILDE.— ¡Qué va! Nunca jamás… ya no. Porque al final no le encuentro el sentido.

SOLNESS.— Eso es justamente lo que me pasa a mí.

(Hilde deambula un poco, se para junto a la mesita, abre la carpeta y la hojea.)

HILDE.— ¿Es usted quien ha dibujado todo esto?

SOLNESS.— No, es un joven que tengo aquí para que me ayude.

HILDE.— ¿Alguien a quien ha formado usted?

SOLNESS.— Ah, sí, supongo que también habrá aprendido algo de mí.

HILDE *(se sienta)*.— Entonces seguro que es buenísimo en su trabajo. *(Mira un poco un dibujo.)* ¿No es verdad?

SOLNESS.— Ah, no lo hace mal. Para lo que *yo* necesito, no…

HILDE.— ¡Que sí! Tiene que ser increíblemente bueno.

SOLNESS.— ¿Le parece a usted verlo en esos dibujos?

HILDE.— ¡Bah! ¡Este galimatías! Pero si dice que lo ha formado usted, pues…

Solness.— ¡Ah, lo dice por *eso*! Mucha de la gente que ha trabajado conmigo sigue siendo chapucera.

Hilde *(lo mira y sacude la cabeza)*.— Ni aunque me estuviera *muriendo* podría creerme que sea usted tan tonto.

Solness.— ¿Tonto? ¿Es que le parezco a usted tan tonto?

Hilde.— Desde luego. Si se dedica usted a formar a todos esos tipejos…

Solness *(perplejo)*.— Vaya. ¿Y por qué no habría de hacerlo?

Hilde *(se levanta, medio seria medio riéndose)*.— ¡Pues porque no, constructor! ¡Eso de qué sirve! Nadie más que *usted* debería tener derecho a construir. Debería ser el único. Hacerlo todo usted mismo. Ahora ya lo sabe.

Solness *(sin querer)*.— Hilde…

Hilde.— ¿Sí?

Solness.— ¿Cómo narices se le ha ocurrido a usted esto?

Hilde.— ¿Es que le parece que se me ocurren locuras o qué?

Solness.— No, no lo digo por eso. Pero ahora voy a contarle algo.

Hilde.— ¿Y bien?

Solness.— Pues resulta que… constantemente… solo y en silencio… ando dándole vueltas a esa misma idea.

Hilde.— Pues eso, a mí me parece bastante razonable.

Solness *(la mira escrutándola un poco)*.— Y sin duda usted ya se había dado cuenta.

Hilde.— No, desde luego que no, en absoluto.

Solness.— Pero antes, cuando ha dicho que me veía mal de la cabeza… por una cosa...

Hilde.— Ah, estaba pensando en algo completamente distinto.

Solness.— ¿En qué pensaba?

Hilde.— Y a usted qué más le da, constructor.

Solness *(pasea por la habitación).—* Está bien… como quiera. *(Se detiene junto al mirador.)* Venga aquí, que le voy a enseñar algo.
Hilde *(se acerca).—* ¿Qué pasa?
Solness.— ¿Ve usted… ahí abajo en el jardín…?
Hilde.— ¿Sí?
Solness *(señalando).—* ¿Justo encima de esa cantera tan grande…?
Hilde.— ¿La casa nueva, quiere decir?
Solness.— La que está en construcción, sí. Prácticamente acabada.
Hilde.— Tiene una torre altísima, me parece a mí.
Solness.— Todavía tiene los andamios.
Hilde.— ¿Esa es su nueva casa?
Solness.— Sí.
Hilde.— ¿La casa a la que se va a mudar enseguida?
Solness.— Sí.
Hilde *(lo mira).—* ¿Y en esa casa también hay cuartos para niños?
Solness.— Tres. Igual que aquí.
Hilde.— ¿Y no hay niños?
Solness.— Ni los habrá.
Hilde *(con media sonrisa).—* Ve, ¿no decía yo que…?
Solness.— ¿El qué?
Hilde.— Que sí que está usted… así como… un poco loco.
Solness.— ¿Era en eso en lo que pensaba?
Hilde.— Sí, en todos estos cuartos para niños, donde he dormido yo.
Solness *(baja la voz).—* Es que tuvimos hijos… Aline y yo.
Hilde *(lo mira expectante).—* ¡¿Ah sí?!
Solness.— Dos niños pequeños. De la misma edad.
Hilde.— Gemelos, vamos.
Solness.— Sí, gemelos. De eso hará ya once o doce años.

HILDE *(con delicadeza).—* ¿Así que están los dos…? ¿Así que ya no tienen a los gemelos?
SOLNESS *(emocionado, calladamente).—* No estuvieron con nosotros más que unos pocos días. Ni siquiera eso. *(Estalla.)* ¡Ah, Hilde, no sabe cómo me alegro de que haya venido usted! ¡Al fin tengo alguien con quien hablar!
HILDE.— ¿Es que no puede hablar con… con *ella*?
SOLNESS.— No, sobre esto no. No del modo en que *quiero* y *debo*. *(Apesadumbrado.)* Y sobre muchas otras cosas tampoco puedo hablar con ella.
HILDE *(bajando al voz).—* ¿Se refería usted solo a eso, cuando dijo que me necesitaba?
SOLNESS.— Sobre todo a eso, sí. Ayer. Porque hoy ya no lo tengo tan claro… *(Se interrumpe.)* Venga aquí, que vamos a sentarnos, Hilde. Siéntese en el sofá… así puede mirar el jardín. *(Hilde se sienta en el rincón del sofá y Solness acerca una silla.)* ¿Quiere usted escucharme?
HILDE.— Sí, tengo muchas ganas de escucharle.
SOLNESS *(se sienta).—* Entonces se lo voy a contar todo.
HILDE.— Ahora los tengo a usted y al jardín ante los ojos, constructor. ¡Cuente, pues! ¡Enseguida!
SOLNESS *(señala la ventana del mirador).—* Allí arriba en lo alto… donde se ve la nueva casa…
HILDE.— ¿Sí?
SOLNESS.— …allí vivimos Aline y yo durante los primeros años. Porque allí hubo en tiempos una vieja casa, que era de su madre y que luego nos dejó a nosotros. Y tenía un jardín enorme, que también era todo nuestro.
HILDE.— ¿En esa casa también había una torre?
SOLNESS.— No había ni rastro de nada de eso. Por fuera no era más que una caja grande y fea de madera oscura.

Pero aun así, por dentro era bastante acogedora y agradable.
HILDE.— ¿Así que derribó todo el viejo caserón o qué?
SOLNESS.— No, se nos quemó.
HILDE.— ¿Entero?
SOLNESS.— Sí.
HILDE.— ¿Y fue una gran desgracia para usted, eso?
SOLNESS.— Según cómo se mire. Como constructor, ese incendio me impulsó…
HILDE.— Ya, ¿pero…?
SOLNESS.— En aquel tiempo acabábamos de tener a los dos pequeños…
HILDE.— Los pobres gemelos, sí.
SOLNESS.— Llegaron al mundo tan sanos y tan alegres… Y crecían de día en día, a ojos vista.
HILDE.— Los bebés crecen muchísimo los primeros días.
SOLNESS.— Era la imagen más bella del mundo: Aline tumbada con los dos… Pero luego llegó la noche del incendio.
HILDE *(expectante)*.— ¿Qué pasó? ¡Dígalo ya! ¿Murió alguien en el incendio?
SOLNESS.— No, eso no. Todo el mundo salió sano y salvo de la casa…
HILDE.— Bueno, pero ¿entonces qué…?
SOLNESS.— El pánico había conmocionado a Aline… Fue horrible. La alarma del incendio… tener que abandonar la casa… así, deprisa y corriendo… y encima con el frío que hacía esa noche… Porque hubo que sacarlos tal cual estaban en la cama. A ella y a los pequeños.
HILDE.— ¿Entonces es que no lo aguantaron?
SOLNESS.— No, *ellos* sí que lo aguantaron. Pero a Aline acabó subiéndole la fiebre. Y se le pasó a la leche. Como

estaba empeñada en darles de mamar ella misma… Porque era su deber, decía. Y nuestros chiquitines… *(retorciéndose las manos)* los niños… ¡Ah!

Hilde.— ¿Eso no lo superaron?

Solness.— No, *eso* no lo superaron. *Eso* nos los arrebató.

Hilde.— Tiene que haber sido durísimo para usted, espantoso.

Solness.— Para mí fue bastante duro. Pero para Aline mil veces más. *(Cierra los puños en callada furia.)* ¡Ah, cómo puede permitirse que sucedan estas cosas en el mundo! *(Breve y firme.)* Desde el día en que los perdí, me resisto a construir iglesias.

Hilde.— ¿Quizá tampoco disfrutó con nuestro campanario, allá en casa?

Solness.— Tampoco. Sé lo contento y ligero que me sentí el día que el campanario estuvo acabado.

Hilde.— Así me sentía yo también.

Solness.— ¡Y ya nunca… jamás voy a construir nada parecido! Ni iglesias ni campanarios.

Hilde *(asiente despacio con la cabeza).*— Solo casas en las que pueda vivir la gente.

Solness.— Hogares para las personas, Hilde.

Hilde.— Pero hogares con esbeltas torres y chapiteles.

Solness.— Preferiblemente. *(Cambia a un tono más liviano.)* Pues, verá… como he dicho… el incendio… el incendio me impulsó. Como constructor, quiero decir.

Hilde.— ¿Por qué no se llama usted arquitecto como todos los demás?

Solness.— No he tenido una formación lo bastante buena para eso. Lo que sé, en su mayoría lo he averiguado por mi cuenta.

Hilde.— Aun así usted prosperó, constructor.

SOLNESS.— Después del fuego, sí. Parcelé casi todo el jardín para casas. *Allí* pude construir exactamente como quería. Y luego fue todo sobre ruedas.
HILDE *(lo mira inquisitivamente).—* Debe de ser usted un hombre enormemente feliz. A juzgar por cómo le va.
SOLNESS *(sombrío).—* ¿Feliz? ¿También usted me dice eso? ¿Como todos los demás?
HILDE.— Sí, porque me parece que debe de ser verdad. Con tal de que pudiera dejar de pensar en los niños…
SOLNESS *(despacio).—* De los niños, Hilde… no se libra uno tan fácilmente.
HILDE *(un poco insegura).—* ¿Siguen siendo un gran obstáculo? ¿Después de tantos, tantos años?
SOLNESS *(la mira fijamente, sin responder).—* Un hombre feliz, ha dicho usted…
HILDE.— Pero ¿es que no lo es… por lo demás?
SOLNESS *(continúa mirándola).—* Cuando le he contado esto del incendio… mmm…
HILDE.— ¡Hable!
SOLNESS.— ¿No se le ha pasado nada… esto… nada especial por la cabeza?
HILDE *(se lo piensa, en vano).—* No, ¿qué podría ser?
SOLNESS *(con énfasis contenido).—* Solo y únicamente gracias a ese incendio, me vi en disposición de construir hogares para las personas. Hogares luminosos, acogedores y agradables donde el padre, la madre y los hijos puedan vivir con la alegría y la seguridad de saber que son afortunados por estar en el mundo. Y sobre todo por pertenecerse los unos a los otros, tanto en lo grande como en lo pequeño.
HILDE *(entusiasmada).—* Sí, pero ¿no le hace enormemente feliz poder construir unos hogares tan maravillosos?

SOLNESS.— El precio, Hilde. El terrible precio que tuve que pagar para conseguirlo.

HILDE.— Pero ¿es que no hay manera de sobreponerse a eso?

SOLNESS.— No. Para poder construir hogares para las personas, tuve que... tuve que renunciar para siempre a tener uno propio. Me refiero a un hogar para los hijos. Y también para el padre y la madre.

HILDE *(con delicadeza).*— Pero ¿era absolutamente necesario? ¿Renunciar para siempre, dice?

SOLNESS *(asiente despacio con la cabeza).*— Este era el precio de esa felicidad de la que habla la gente. *(Suspira profundamente.)* Esa felicidad... mmm... esa felicidad no la había más barata, Hilde.

HILDE *(igual que antes).*— Pero ¿es que esto ya no se puede arreglar o qué?

SOLNESS.— Nunca jamás. En la vida. Esa es otra de las consecuencias del incendio. Y de la enfermedad posterior de Aline.

HILDE *(lo mira con una expresión indefinible).*— Y aun así construye todos esos cuartos para niños.

SOLNESS *(serio).*— Hilde, ¿usted nunca ha notado que lo imposible... que es como si lo imposible nos atrajera o nos reclamara?

HILDE *(se lo piensa).*— ¿Lo imposible? *(Animada.)* ¡Claro! ¿A *usted* también le pasa o qué?

SOLNESS.— Sí que me pasa, sí.

HILDE.— Entonces será que... *usted* también lo lleva dentro... el *troll*.

SOLNESS.— ¿Por qué el *troll*?

HILDE.— Bueno, ¿cómo llamaría usted a algo así?

SOLNESS *(se levanta).*— En fin, puede ser, la verdad. *(Airado.)* ¡¿Pero como no iba a acabar *convertido* en un *troll*... tal

y como me va siempre, constantemente, en todo?! ¡En todo!
HILDE.— ¿En qué sentido lo dice?
SOLNESS *(contenido, con emoción interior).*— Fíjese en lo que le digo, Hilde. Todo lo que he conseguido, ejercer, construir... toda la belleza, la seguridad, el bienestar que he creado… incluso la grandeza... *(Cierra los puños.)* ¡Ah, solo pensarlo es terrible…!
HILDE.— ¿Qué es lo que es tan terrible?
SOLNESS.— Que todo esto tengo que andar compensándolo. Pagándolo. No con dinero, sino con felicidad humana. Y no solo con la mía, sino también con la de los demás. En fin, ¡ya ve, Hilde! Este es el precio que he tenido que pagar por mi puesto de artista… yo y otros. Y todos los santos días me veo obligado a contemplar cómo vuelven a pagar el precio por mí. Una y otra vez… ¡y siempre una vez más!
HILDE *(se levanta y lo mira intensamente).*— Me parece que ahora está pensando… en ella.
SOLNESS.— Sí, sobre todo en Aline. Porque también ella… tenía su vocación en la vida, del mismo modo que yo tenía la mía. *(Le tiembla la voz.)* Pero su vocación tuvo que ser destruida… sometida, arrasada… para que la mía pudiera triunfar… obtener una especie de gran victoria. Sí, porque habrá de saber que Aline… Aline también tenía sus cualidades para construir.
HILDE.— ¡Ella! ¡Para construir!
SOLNESS *(niega con la cabeza).*— No casas ni torres ni chapiteles… ni ese tipo de cosas con las que ando yo liado…
HILDE.— Bueno, ¿y entonces qué?
SOLNESS *(con suavidad y emoción).*— Para construir las pequeñas almas de los niños, Hilde. Construir las almas

de los niños y hacerlas crecer hasta alcanzar formas nobles y hermosas, equilibradas. Para que pudieran alzarse hasta llegar a ser almas adultas y erguidas. Para eso era para lo que Aline tenía cualidades… Y todo eso se ha quedado ahí… inutilizado… e inutilizable desde aquel momento. Sin servir para nada… Exactamente como los escombros de un incendio.

HILDE.— Sí, pero ¿aunque así fuera…?

SOLNESS.— ¡Es así! ¡Es así! Yo lo sé.

HILDE.— En fin, pero en todo caso no es culpa suya.

SOLNESS *(clava en ella la mirada y asiente despacio con la cabeza).*— Pues, mire, esa es la cuestión, una cuestión enorme y terrible. Esa es la duda que me corroe… noche y día.

HILDE.— ¡¿Eso?!

SOLNESS.— Sí, porque quizá… sí que tenga yo la culpa. Al menos en cierto sentido.

HILDE.— ¡Usted! ¡Del incendio!

SOLNESS.— De todo. De todo… Y a lo mejor… al mismo tiempo... soy completamente inocente.

HILDE *(lo mira preocupada).*— Ay, constructor… si es capaz de decir esas cosas, es que… sí que está usted enfermo.

SOLNESS.— Mmm… seguramente nunca acabaré de sanar a este respecto.

(Ragnar Brovik abre con cuidado la puertecita del rincón de la izquierda.)
(Hilde avanza por la habitación.)

RAGNAR *(al ver a Hilde).*— Ah… Disculpe, señor Solness…

(Quiere retirarse.)

SOLNESS.— No, no, quédese. Así lo dejamos acabado.

RAGNAR.— Ah, sí… ¡Si pudiera ser!
SOLNESS.— Su padre no se encuentra mejor, por lo que me cuentan.
RAGNAR.— Padre empeora por momentos. Y por eso le ruego humildemente… ¡Dígame algo positivo sobre alguna de esas hojas! Algo que padre pueda leer antes de…
SOLNESS *(airado).*— ¡No me hable ya más de esos dibujos suyos!
RAGNAR.— ¿Les ha echado un vistazo?
SOLNESS.— Sí… lo he hecho.
RAGNAR.— ¿Y no valen para nada? ¿Y yo tampoco valgo, entonces?
SOLNESS *(huidizo).*— Quédese usted aquí conmigo, Ragnar. Organizaré las cosas a su gusto. Así podrá casarse con Kaia, vivir sin preocupaciones. Quizá incluso ser feliz. Solo tiene que dejar de pensar en construir por su cuenta.
RAGNAR.— Bueno, entonces tendré que volver a casa y decírselo a mi padre, porque se lo he prometido… ¿Le digo eso a mi padre… antes de que muera?
SOLNESS *(compungido).*— Ah, dígale… por mí puede decirle lo que quiera. ¡Lo mejor sería no decirle nada! *(Estallando.)* ¡No puedo actuar de forma distinta a esta, Ragnar!
RAGNAR.— ¿Me permite que me lleve los dibujos?
SOLNESS.— Sí, lléveselos… ¡Lléveselos! Están ahí, sobre la mesa.
RAGNAR *(se acerca a cogerlos).*— Gracias.
HILDE *(posa la mano sobre los dibujos).*— No, no, déjelos aquí.
SOLNESS.— ¿Por qué?
HILDE.— Pues porque *yo* también quiero echarles un vistazo.

SOLNESS.— Pero si ya… *(A Ragnar.)* En fin, pues déjelos aquí entonces.
RAGNAR.— Encantado.
SOLNESS.— Y vuelva inmediatamente con su padre.
RAGNAR.— Sí, tendré que irme.
SOLNESS *(como desesperado).*— Ragnar… no me exija lo que no *puedo* hacer. ¿Me oye, Ragnar? ¡No lo haga!
RAGNAR.— No, no. Disculpe…

(Hace una reverencia y sale por la puerta del rincón.)
(Hilde se dirige a una silla junto al espejo y se sienta.)

HILDE *(mira hoscamente a Solness).*— Esto ha estado muy feo por su parte.
SOLNESS.— ¿A usted también se lo parece?
HILDE.— Pues sí, ha estado verdadera y horrorosamente feo. Y también ha sido duro y malvado y cruel.
SOLNESS.— Ya, usted no entiende cómo lo estoy pasando yo.
HILDE.— De todos modos… No, no debería ser usted así.
SOLNESS.— Pero si usted misma acaba de decir que yo debería ser el único que tuviera derecho a construir.
HILDE.— Esas cosas las puedo decir yo. Pero usted no debe hacerlo.
SOLNESS.— Yo con más razón, con lo caro que he pagado mi puesto…
HILDE.— Ya… con eso que llama el calor del hogar… y cosas así.
SOLNESS.— Y también con la paz de mi alma.
HILDE *(se levanta).*— ¡La paz de su alma! *(Con intensidad.)* ¡Sí, sí, ahí lleva usted razón! Claro, pobre constructor… como se imagina usted que…
SOLNESS *(con una risa apacible y cordial).*— Siéntese otra vez, Hilde. Que le voy a contar algo divertido.
HILDE *(se sienta expectante).*— ¿Y bien?

SOLNESS.— Es algo tan nimio que resulta ridículo… porque todo el asunto no gira más que en torno a una grieta en una chimenea.
HILDE.— ¿Nada más?
SOLNESS.— No, al principio no fue más que eso.

(Acerca una silla a la de Hilde y se sienta.)

HILDE *(se aporrea impacientemente la rodilla)*.— ¡La grieta en la chimenea!
SOLNESS.— Hacía tiempo que me había fijado en una fisura en la chimenea, mucho antes de que ardiera la casa. Cada vez que subía al desván, la miraba para comprobar si seguía allí.
HILDE.— ¿Y seguía allí?
SOLNESS.— Sí, porque nadie más sabía de su existencia.
HILDE.— ¿Y usted no dijo nada?
SOLNESS.— No, no lo hice.
HILDE.— ¿Y tampoco pensó en arreglarla o qué?
SOLNESS.— Pensarlo lo pensé… pero nunca fui más allá. Cada vez que iba a hacerlo, era como si una mano se interpusiera. Hoy no, pensaba. Mañana. Pero nunca llegué a hacer nada.
HILDE.— Bueno, pero ¿a qué venía esa dejadez?
SOLNESS.— Venía a que andaba cavilando. *(Despacio y moderado.)* Por medio de aquella grieta negra de la chimenea, tal vez podría impulsarme… como constructor.
HILDE *(mira al aire)*.— Tiene que haber sido emocionante.
SOLNESS.— Casi insufrible. Absolutamente insufrible. Porque en aquel momento todo el asunto me parecía tan sencillo, tan natural... Quería que ocurriera en invierno. Un poco antes de la cena. Me imaginaba que

Aline y yo estábamos fuera, que habíamos salido de excursión en el trineo. Y que en casa habrían cargado las estufas al máximo…
Hilde.— Sí, porque tendría que ser un día de muchísimo frío, ¿no?
Solness.— Gélido, glacial… algo así. Y querrían que Aline encontrara la casa bien calentita cuando volviera.
Hilde.— Porque parece que la mujer es un poco friolera.
Solness.— Lo es. Y de camino a casa, veríamos el humo.
Hilde.— ¿Solo el humo?
Solness.— Primero el humo. Pero cuando llegáramos a la verja del jardín, la vieja caja de madera estaría en llamas, toda entera… Así era como quería que ocurriera, ¿entiende?
Hilde.— ¡Por Dios! ¡¿Y por qué no podría haber sido así?!
Solness.— Dice usted bien, Hilde.
Hilde.— Pero escúcheme, constructor. ¿Está usted completamente seguro de que el incendio surgió en la grieta de la chimenea o qué?
Solness.— No, al contrario. Estoy completamente seguro de que la grieta de la chimenea no tuvo nada que ver con el incendio, en ese sentido.
Hilde.— ¡¿Cómo?!
Solness.— Eso quedó claro, no había lugar a dudas, el incendio surgió en un vestidor… en la otra punta de la casa.
Hilde.— Pero entonces, ¿por qué anda dando la lata con la grieta de la chimenea?
Solness.— ¿Me permite que le hable un poco más, Hilde?
Hilde.— Bueno, si habla usted con sensatez…
Solness.— Lo intentaré.

(Acerca su silla.)

HILDE.— Suéltelo ya, constructor.
SOLNESS *(con intimidad).*— ¿No cree usted también, Hilde, que hay algunos elegidos, unos pocos escogidos, a quienes se ha otorgado la clemencia, la capacidad y el poder de *aspirar* a algo, de *desear* algo, de *querer* algo… tan intensamente y tan… tan implacablemente… que al final *tienen* que conseguirlo? ¿No cree usted eso?
HILDE *(con una expresión indefinible en la mirada).*— Si es así, algún día veremos… si yo me encuentro entre los elegidos.
SOLNESS.— Cosas tan grandes no las hace uno solo. Ah, no… para que la cosa resulte, tienen que contribuir también los ayudantes y los criados. Pero esos no acuden nunca por iniciativa propia. Hay que invocarlos, con mucha fuerza. Así por dentro, ¿comprende?
HILDE.— ¿Quiénes son esos ayudantes y criados?
SOLNESS.— Ah, ya hablaremos de eso en otro momento. Ahora vamos a concentrarnos en lo del incendio.
HILDE.— ¿No cree que el incendio hubiera surgido igualmente… aunque usted no lo hubiera deseado?
SOLNESS.— Si el propietario de la casa hubiera sido Knut Brovik, las cosas no habrían salido jamás de modo tan conveniente para *él,* la casa nunca se habría incendiado. De eso no me cabe la menor duda. Porque él no entiende de invocar a ayudantes ni criados. *(Se levanta inquieto.)* ¿Ve, Hilde… como en el fondo es culpa mía que los niños acabaran pagando con su vida? ¿No ve que también es culpa mía que Aline no haya llegado a ser lo que debía y podía ser? ¿Lo que más deseaba?
HILDE.— Sí, pero si solo es por estos ayudantes y criados…
SOLNESS.— ¿Quién les invocó? ¡Fui yo! Y ellos acudieron y se sometieron a mi voluntad. *(Con alteración creciente.)* Eso es lo que la buena gente llama tener estrella, ¡pero

le voy a decir cómo te sientes cuando tienes estrella! Sientes como si una banda desollada te cruzara el pecho. Y luego los ayudantes y los criados se dedican a arrancar jirones de piel a la gente, ¡y con eso quieren cerrarme la herida! Pero la herida no se me cura. ¡Nunca… jamás! Ah, si supiera usted cómo me duele, cómo me arde, de vez en cuando.

Hilde *(lo mira con atención)*.— Sí que está usted enfermo, constructor. Casi diría que está muy enfermo.

Solness.— Diga *loco*, porque *eso* es lo que está pensando en realidad.

Hilde.— No, a mí no me parece que le afecte demasiado al entendimiento.

Solness.— ¿Entonces a qué me afecta? ¡Suéltelo!

Hilde.— No sabría decir… pero tal vez vino usted al mundo con una conciencia enfermiza.

Solness.— ¿Una conciencia enfermiza? ¿Qué diablos es eso?

Hilde.— Me refiero a que en usted la conciencia es muy delicada, así como frágil. Que no soporta grandes esfuerzos, que no es capaz de levantar grandes pesos ni cargar con ellos.

Solness *(refunfuñando)*.— ¡Mmm! ¿Y cómo tendría entonces que tener la conciencia, si se puede preguntar?

Hilde.— En su caso preferiría que tuviera una conciencia así como… así como verdaderamente robusta.

Solness.— Vaya. ¿Robusta? En fin. ¿Quizá *usted* tenga la conciencia robusta?

Hilde.— Sí, yo diría que sí. Nunca he notado lo contrario.

Solness.— No la habrá puesto demasiado a prueba, supongo.

Hilde *(con un gesto vibrante en torno a la boca)*.— Bueno, tampoco fue del todo sencillo abandonar a mi padre, con lo mucho que lo quiero.

SOLNESS.— Ya, hace un mes… o dos…
HILDE.— Me parece que nunca volveré a casa.
SOLNESS.— ¿Nunca? ¿Y por qué lo abandonó usted?
HILDE *(medio en serio, medio de guasa).—* ¿Se le ha vuelto a olvidar que ya han pasado los diez años?
SOLNESS.— ¡Vamos! Había algún problema en su casa, ¿eh?
HILDE *(completamente seria).—* Pues *tenía* yo esto dentro que me azuzaba, que me espoleaba, hacia aquí. A la vez que me tentaba y me atraía.
SOLNESS *(con emoción).—* ¡Ahí está! ¡Ahí está, Hilde! También usted lleva dentro un *troll*, como yo. Porque, verá, es el *troll* que llevamos dentro… Es el *troll* el que invoca las fuerzas del exterior. Y entonces no queda más remedio que rendirse… se quiera o no.
HILDE.— Yo casi diría que tiene usted razón, constructor.
SOLNESS *(camina por la habitación).—* ¡Ah! ¡En el mundo hay una cantidad increíble de demonios que no se *ven*, Hilde!
HILDE.— ¿Demonios también?
SOLNESS *(se detiene).—* Demonios buenos y malos. Demonios rubios y morenos. ¡Si al menos se pudiera saber si son los rubios o los morenos los que lo tienen a uno agarrado! *(Se gira.)* ¡Ja, ja! ¡Entonces sería muy fácil!
HILDE *(lo sigue con la mirada).—* Igual que si se tuviera una conciencia verdaderamente sana, turgente, exuberante… para *atreverse* a hacer lo que realmente se *quiere*.
SOLNESS *(se detiene junto a la consola).—* A mí me parece que la mayoría de la gente la tiene tan debilucha como yo.
HILDE.— Eso puede muy bien ser, sí.
SOLNESS *(se apoya sobre la mesa).—* En los libros de las sagas… ¿Ha leído usted esos viejos libros donde se cuentan las sagas de los reyes?

HILDE.— ¡Que sí! Cuando aún leía libros…
SOLNESS.— En los libros de las sagas se habla de los vikingos, que se embarcaban hacia tierras lejanas y se dedicaban a saquear, incendiar y matar a los hombres a golpes…
HILDE.— Y a secuestrar a las mujeres…
SOLNESS.— …y las retenían…
HILDE.— …y se las llevaban a casa en sus naves…
SOLNESS.— …y se comportaban con ellas como… como los *trolls* más feroces.
HILDE *(mira al vacío con la mirada medio velada).*— Yo pienso que *eso* tenía que ser emocionante.
SOLNESS *(con una risa breve y rugiente).*— Sí, lo de capturar mujeres, ¿no?
HILDE.— Lo de que te capturen.
SOLNESS *(la mira un instante).*— En fin, ya veo.
HILDE *(como interrumpiéndolo).*— ¿Pero adónde quería usted llegar con eso de los vikingos, constructor?
SOLNESS.— Pues verá, esos tipos… ¡Esos sí que tenían la conciencia robusta! Y al volver a casa no les causaba el más mínimo apuro comer y beber. Y además estaban tan contentos como niños. ¡Y las mujeres, qué! Muchas veces ya no querían separarse de ellos. ¿Puede usted entenderlo, Hilde?
HILDE.— A esas mujeres las entiendo a la perfección.
SOLNESS.— ¡Vaya! ¿Tal vez podría usted hacer lo mismo?
HILDE.— ¿Por qué no?
SOLNESS.— ¿Vivir… voluntariamente… con un hombre así de violento?
HILDE.— Si fuera un hombre violento al que yo hubiera llegado a querer de verdad pues…
SOLNESS.— ¿Entonces es que *podría* llegar a querer a un hombre así?

HILDE.— Por Dios, nosotros no decidimos a quien llegamos a querer, digo yo.

SOLNESS *(la mira pensativo)*.— Ya... debe de ser el *troll* que llevamos dentro quien decide *esas* cosas.

HILDE *(medio riéndose)*.— Y todos esos benditos demonios a los que *usted* conoce tan bien. Los rubios y los morenos.

SOLNESS *(cálida y calladamente)*.— Entonces, Hilde, le deseo que los demonios escojan con cuidado por usted.

HILDE.— Por mí *ya* han escogido, de una vez para siempre.

SOLNESS *(la mira intensamente)*.— Hilde... es usted como un pajarillo salvaje del bosque.

HILDE.— Para nada. Yo no me escondo entre los arbustos.

SOLNESS.— Bueno, ya. Más bien debe de tener usted algo de ave rapaz.

HILDE.— Más bien eso... quizá. *(Con gran vehemencia.)* ¡Un ave rapaz! ¿Por qué no? ¿Por qué no iba a poder salir a cazar, *yo* también? ¿Atrapar las presas que se me antojaran? Si es que consigo clavarles las garras, claro, dominarlas.

SOLNESS.— Hilde... ¿Sabe lo que es usted?

HILDE.— Sí, ya me ha dicho que soy una especie de pájaro extraño.

SOLNESS.— No. Es usted como el albor del día. Cuando la miro... es como si estuviera mirando el amanecer.

HILDE.— Dígame, constructor... ¿Está usted seguro de que nunca me ha invocado? ¿Así por dentro?

SOLNESS *(callada y lentamente)*.— Pues casi creo que debo de haberlo hecho.

HILDE.— ¿Qué quería usted de mí?

SOLNESS.— Usted es la juventud, Hilde.

HILDE *(sonríe)*.— La juventud, ¿que tanto lo asusta?

SOLNESS *(asiente despacio con la cabeza)*.— Y que, en realidad, anhelo tan dolorosamente...

(*Hilde se levanta, se acerca a la mesita y coge la carpeta de Ragnar Brovik.*)

Hilde (*tendiéndole la carpeta*).— Estábamos con el asunto de los dibujos estos…
Solness (*breve y rechazando*).— ¡Aparte eso de mí! Ya los he mirado bastante.
Hilde.— Ya, pero todavía tiene que escribirle algo.
Solness.— ¿Escribirle algo? Nunca en la vida.
Hilde.— ¡Pero ahora que el pobre viejo está agonizando…! ¿No podría darles una alegría a su hijo y a él antes de que se separen? Y a lo mejor, más adelante, el hombre podría construir lo que ha dibujado.
Solness.— Pues sí, eso es precisamente lo que *puede* hacer. Ya se ha encargado de eso, el caballero.
Hilde.— Pero por Dios… si la cosa es así… ¿No podría usted mentir un poquitito de nada?
Solness.— ¿Mentir? (*Furioso.*) Hilde… ¡Aléjese de mí con esos dibujos del demonio!
Hilde (*aparta un poco la carpeta*).— Bueno, bueno, bueno… no me vaya a morder… Venga a hablar de los *trolls*… y a mí lo que me parece es que usted mismo se comporta como uno. (*Mira a su alrededor.*) ¿Dónde tiene pluma y tinta?
Solness.— No tengo nada de eso aquí dentro.
Hilde (*se dirige hacia la puerta*).— Pero ahí fuera donde la señorita esa tendrá usted…
Solness.— ¡Quédese donde está, Hilde! Debería mentir, ha dicho. Sí, claro, seguro que podría hacerlo por su viejo padre, porque en su momento ya lo destruí. Al viejo lo derribé.
Hilde.— ¿A él también?

SOLNESS.— Necesitaba espacio para mí. Pero este Ragnar… por nada en el mundo puedo permitir que salga adelante.
HILDE.— El pobre, tampoco creo que lo haga. Si no vale, pues…
SOLNESS *(más cerca, la mira y susurra).*— Si Ragnar Brovik sale adelante, me derribará a mí. Me destruirá… como yo hice con su padre.
HILDE.— ¿Destruirlo a usted? ¿Pero es que vale?
SOLNESS.— ¡Sí! ¡No le quepa duda de que vale! Ragnar es el joven que está listo para llamar a mi puerta. Y acabar con el constructor Solness.
HILDE *(lo mira en silencio y con reproche en los ojos).*— Y aun así quería usted impedirle que entrara. ¡Muy mal, constructor!
SOLNESS.— Suficiente sangre han perdido los corazones en la batalla que he librado… Y además tengo miedo de que… los ayudantes y los criados ya no me obedezcan.
HILDE.— Pues entonces tendrá usted que apañárselas solo. No queda más remedio.
SOLNESS.— No hay salida, Hilde. Las tornas cambiarán. Antes o después. Porque el castigo… el castigo es implacable.
HILDE *(angustiada, se tapa las orejas).*— ¡No hable usted así! ¿Es que quiere quitarme la vida? ¿Quitarme lo que más valoro, más que la propia vida?
SOLNESS.— ¿A qué se refiere?
HILDE.— A ver su grandeza. A verle con una corona de flores en la mano. En lo más alto de un campanario. *(De nuevo calmada.)* En fin, saque ya el lápiz. Porque un lápiz sí que tendrá, ¿no?
SOLNESS *(saca su cuaderno de dibujo).*— Aquí tengo uno.
HILDE *(coloca la carpeta sobre la mesa del sofá).*— Bien. Ahora, constructor, nos vamos a sentar aquí los dos. *(Solness

se sienta junto a la mesa y Hilde, detrás de él, se inclina sobre el respaldo de la silla.) Y ahora vamos a escribir algo sobre estos dibujos. Algo realmente, realmente cálido y bonito. Para el feo de Roar… o como se llame.
SOLNESS *(escribe unas líneas, gira la cabeza y alza la mirada hacia ella).—* Dígame una cosa, Hilde.
HILDE.— ¿Sí?
SOLNESS.— Si resulta que lleva usted diez años esperándome…
HILDE.— ¿Sí?
SOLNESS.— ¿Por qué no me ha escrito nunca? Así podría haberle respondido.
HILDE *(apresuradamente).—* ¡No, no, no, qué va! *Eso* era precisamente lo que no quería.
SOLNESS.— ¿Por qué no?
HILDE.— Tenía miedo de que en ese caso se rompiera todo… Pero íbamos a escribir en los dibujos, constructor.
SOLNESS.— Eso íbamos a hacer, sí.
HILDE *(se inclina hacia delante y lo mira mientras escribe).—* Qué bonito y qué cordial. Ay, cómo odio… cómo odio al tal Roald…
SOLNESS *(escribiendo).—* ¿Usted nunca ha querido, así de verdad, a nadie, Hilde?
HILDE *(con dureza).—* ¿Qué está diciendo?
SOLNESS.— Que si nunca ha querido a nadie.
HILDE.— A nadie más, ¿querrá decir?
SOLNESS *(alza la mirada hacia ella).—* A nadie más, sí. ¿Nunca lo ha hecho? ¿En estos diez años? ¿Nunca?
HILDE.— Bueno, sí, alguna que otra vez. Cuando estaba verdaderamente enfadada con usted porque no venía.
SOLNESS.— ¿Entonces los demás también le importaban?
HILDE.— Un poquitito. Durante una semana o así. Por Dios, constructor, ya sabe como son estas cosas, ¿no?

SOLNESS.— Hilde… ¿A qué ha venido usted aquí?
HILDE.— No pierda el tiempo en hablar. El pobre viejo se nos podría estar muriendo.
SOLNESS.— Respóndame, Hilde. ¿Qué quiere de mí?
HILDE.— Quiero mi reino.
SOLNESS.— Mmm…

(Mira fugazmente hacia la puerta de la izquierda y sigue escribiendo sobre los dibujos.)
(En ese mismo momento entra la señora Solness, trae consigo unos paquetes.)

SEÑORA SOLNESS.— Aquí le traigo unas cositas, señorita Wangel. Los paquetes grandes llegarán más tarde.
HILDE.— Ay, qué buenísima es usted al final.
SEÑORA SOLNESS.— Simple deber. Nada más.
SOLNESS *(relee lo que ha escrito).*— ¡Aline!
SEÑORA SOLNESS.— ¿Sí?
SOLNESS.— ¿Te has fijado en si la… la contable está ahí fuera?
SEÑORA SOLNESS.— Sí, naturalmente que lo está.
SOLNESS *(mete los dibujos en la carpeta).*— Mmm…
SEÑORA SOLNESS.— Está ante su pupitre, como siempre… que paso yo por la habitación.
SOLNESS *(se levanta).*— Entonces se lo daré a ella. Y le diré que…
HILDE *(le coge la carpeta).*— Ay, no, ¡concédame el gusto! *(Se dirige hacia la puerta, pero se vuelve.)* ¿Cómo se llama?
SOLNESS.— Se llama señorita Fosli.
HILDE.— Puaj. ¡Qué frío suena! Me refiero al nombre de pila.
SOLNESS.— Kaia… creo.
HILDE *(abre la puerta y grita).*— ¡Kaia! ¡Venga aquí! ¡Deprisa! El constructor quiere hablar con usted.

(Kaia Fosli cruza el umbral de la puerta.)

KAIA *(lo mira asustada)*.— ¿Aquí estoy…?
HILDE *(le tiende la carpeta)*.— ¡Tome, Kaia! Lléveles esto, porque el constructor ya les ha escrito algo.
KAIA.— ¡Ay, por fin!
SOLNESS.— Déselo al viejo tan rápido como pueda.
KAIA.— Me lo llevo a casa inmediatamente.
SOLNESS.— Sí, eso. Y que luego Ragnar lo construya.
KAIA.— Ay, ¿permitiría que Ragnar viniera a darle las gracias por todo…?
SOLNESS *(con dureza)*.— ¡No quiero que me dé las gracias! ¡Dígaselo de mi parte!
KAIA.— Sí, lo haré…
SOLNESS.— Y ya de paso dígale que a partir de ahora no lo necesito más. Y a usted tampoco.
KAIA *(en voz baja y tono suplicante)*.— ¡A mí tampoco!
SOLNESS.— A partir de ahora ustedes dos tendrán otras cosas en las que pensar, otros asuntos que atender. Y eso está muy bien. En fin, váyase a casa con los dibujos, señorita Fosli. ¡Rápido! ¡¿Me oye?!
KAIA *(igual que antes)*.— Sí, señor Solness. *(Se va.)*
SEÑORA SOLNESS.— Dios, qué ojos tan insidiosos tiene.
SOLNESS.— ¡La chica! Si es un pobre corderito.
SEÑORA SOLNESS.— Ya… yo veo lo que veo, Halvard. ¿De verdad que los vas a despedir?
SOLNESS.— Sí.
SEÑORA SOLNESS.— ¿A ella también?
SOLNESS.— ¿No era eso lo que querías?
SEÑORA SOLNESS.— ¿Pero que puedas renunciar a ella…? Bueno, seguro que tienes un as en la manga, Halvard.
HILDE *(con alegría)*.— Yo desde luego no sirvo para estar detrás de un pupitre.
SOLNESS.— Bueno, bueno… ya se pasará, Aline. Ahora tienes que concentrarte en la mudanza a la casa

nueva… tan rápido como puedas. Hoy vamos a subir la corona de flores… *(se gira hacia Hilde)* …hasta la punta del chapitel. ¿Qué le parece, señorita Hilde?

Hilde *(lo mira con ojos resplandecientes).—* Será delicioso verlo de nuevo tan alto, tremendo.

Solness.— ¿A mí?

Señora Solness.— ¡Dios mío, señorita Wangel, que no se le pase por la cabeza! ¡Mi marido…! ¡Con el *vértigo* que tiene!

Hilde.— ¡Vértigo! ¡No, le aseguro que vértigo no tiene!

Señora Solness.— Desde luego que tiene.

Hilde.— ¡Pero si lo he visto sobre la cima de un campanario altísimo!

Señora Solness.— Sí, ya se lo he oído decir a la gente, pero es completamente imposible…

Solness *(airado).—* ¡Imposible…! ¡Imposible, sí! Pero aun así, ¡ahí estaba yo! ¡En la cima!

Señora Solness.— ¿Pero cómo puedes decir eso, Halvard? Si no soportas ni asomarte al balcón, y esto es una segunda planta. Siempre has sido así.

Solness.— A lo mejor hoy ves otra cosa.

Señora Solness *(asustada).—* ¡No, no, no! ¡Eso no lo veré nunca, si Dios quiere! Porque voy a escribir inmediatamente al doctor y seguro que él te lo quita de la cabeza.

Solness.— ¡Pero, Aline, mujer…!

Señora Solness.— ¡Pues sí, porque tú estás enfermo, Halvard! ¡Todo esto no puede ser más que eso! ¡Dios mío, Dios mío!

(Se apresura a salir por la derecha.)

Hilde *(lo mira expectante).—* ¿Es verdad o no es verdad?

SOLNESS.— ¿Que tengo vértigo?
HILDE.— ¿Que *mi* constructor no se *atreve*... no es *capaz* de subir tan alto como construye?
SOLNESS.— ¿Es así como ve usted el asunto?
HILDE.— Sí.
SOLNESS.— Creo que dentro de poco no me quedará ni un rinconcito en todo el cuerpo a salvo de usted.
HILDE *(mira hacia la ventana del mirador)*.— Así que hasta allí arriba. Arriba del todo...
SOLNESS *(se acerca a ella)*.— Usted podría vivir en la alcoba más alta de la torre, Hilde... Podría vivir allí como una princesa.
HILDE *(indefinible, entre la seriedad y la guasa)*.— Sí, eso es lo que me tiene prometido.
SOLNESS.— ¿Es así, en realidad?
HILDE.— ¡Muy mal, constructor! Me dijo que iba a ser princesa. Y que me daría un reino. Y luego fue y... ¡En fin!
SOLNESS *(con delicadeza)*.— ¿Está usted completamente segura de que eso no fue una especie de sueño... una imaginación suya en la que se ha empeñado?
HILDE *(enojada)*.— ¿Es que no lo hizo?
SOLNESS.— Casi no lo sé ni yo... *(Más bajo.)* Aunque lo que ahora ya sé es que...
HILDE.— ¿Es que...? ¡Dígalo ya!
SOLNESS.— ...que debería haberlo hecho.
HILDE *(exclamando con descaro)*.— ¡De ninguna manera tiene usted vértigo!
SOLNESS.— Así que esta noche vamos a alzar la corona de flores... princesa Hilde.
HILDE *(con gesto amargo)*.— Sobre su nuevo hogar, sí.
SOLNESS.— Sobre la casa nueva... que nunca será un *hogar* para mí.

(Sale por la puerta del jardín.)

Hilde *(mira al vacío con los ojos velados y susurra para sus adentros. Solo se escuchan las palabras).—* …tremendo, qué emocionante…

ACTO TERCERO

(Una terraza grande y ancha, perteneciente a la casa del constructor Solness. A la izquierda se ve parte de la casa, con una puerta que da a la terraza. A la derecha, ante esta, la barandilla. Al fondo, en la parte estrecha de la terraza, unas escaleras conducen al jardín que se encuentra a un nivel más bajo. Árboles grandes y viejos despliegan sus ramas sobre la terraza y hacia la casa. En el extremo derecho, entre los árboles, se vislumbra la parte baja de la nueva villa, con un andamiaje en torno a la torre. Al fondo, el jardín está limitado por una vieja valla de madera y, al otro lado de la valla, se ve una calle con casitas bajas y cochambrosas.)
(Un cielo de tarde, con nubes iluminadas por el sol.)
(En la terraza hay un banco a lo largo de la pared de la casa y, ante el banco, una mesa larga. Al otro lado de la mesa, una tumbona y algunos taburetes.
Todos los muebles son de mimbre.)
(En la tumbona descansa la señora Solness envuelta en un gran chal de crepé blanco y mira fijamente hacia la derecha.)
(Al poco, Hilde Wangel sube por las escaleras desde el jardín. Va vestida igual que antes y lleva su sombrerito sobre la cabeza. En el pecho lleva un pequeño ramo de florecillas silvestres.)

SEÑORA SOLNESS *(ladea un poco la cabeza).—* ¿Se ha dado una vuelta por el jardín, señorita Wangel?
HILDE.— Sí, he ido a echar un vistazo por ahí abajo.
SEÑORA SOLNESS.— Veo que también ha encontrado flores.
HILDE.— ¡Que sí! Porque hay de sobra, así, entre los arbustos.
SEÑORA SOLNESS.— ¿No me diga? ¿Todavía? Es que... casi nunca bajo hasta allí.

Hilde *(se acerca).—* ¡¿Qué dice?! ¿Es que no corretea usted por el jardín todos los días?

Señora Solness *(con una sonrisa apagada).—* Me temo que no «correteo» por ningún sitio. Ya no.

Hilde.— Vaya, pero de vez en cuando, ¿no baja a saludar a las delicias que hay por allí?

Señora Solness.— Ahora me resulta todo tan ajeno… Casi me da miedo volver a verlo.

Hilde.— ¡Su propio jardín!

Señora Solness.— Ya no me parece que sea *mío*.

Hilde.— ¡Ay, qué está diciendo…!

Señora Solness.— ¡Que no, que no! ¡Que no es mío! Que ya no es como en tiempos de mis padres. Le han quitado mucho terreno al jardín, señorita Wangel. Imagínese… lo han parcelado… y han construido casas para extraños. Gente a la que ni siquiera conozco y que puede verme desde sus ventanas.

Hilde *(con expresión alegre).—* ¿Señora Solness?

Señora Solness.— ¿Sí?

Hilde.— ¿Me permite que me quede aquí un ratito con usted?

Señora Solness.— Encantada, si es que le apetece.

(Hilde acerca un taburete a la tumbona y se sienta.)

Hilde.— Ah… Aquí sí que se puede una sentar a tomar el sol como un gato.

Señora Solness *(posa la mano levemente sobre la nuca de Hilde).—* Es muy amable al quedarse aquí *conmigo*. Creía que pasaría a ver a mi marido.

Hilde.— ¿Y qué iba a hacer con él?

Señora Solness.— Ayudarle, pensaba yo.

Hilde.— No, gracias. Además no está en casa. Anda por ahí abajo, con los obreros. Pero está tan fiero que no me he atrevido ni a hablarle.
Señora Solness.— Oh, en el fondo tiene un espíritu muy suave y blando…
Hilde.— ¿Él?
Señora Solness.— Todavía no lo conoce usted bien, señorita Wangel.
Hilde *(la mira cálidamente).*— ¿Se alegra de mudarse a la casa nueva?
Señora Solness.— Sí que debería alegrarme, porque Halvard lo quiere así…
Hilde.— Bueno, no solo por eso, digo yo.
Señora Solness.— Pues sí, señorita Wangel. Porque no es más que mi deber, subordinarme a él. Pero muchas veces resulta tan duro forzar el alma a la obediencia…
Hilde.— Pues sí que tiene que resultar duro, sí.
Señora Solness.— Créame. Cuando no se es mejor persona de lo que soy yo, pues…
Hilde.— Cuando se han sufrido tantas desgracias como *usted…*
Señora Solness.— ¿Cómo sabe eso?
Hilde.— Me lo dijo su marido.
Señora Solness.— Conmigo habla tan poco de esas cosas… Sí, puedo asegurarle que he sufrido más de la cuenta en la vida, señorita Wangel.
Hilde *(la mira con compasión y asiente despacio con la cabeza).*— Pobre señora Solness. Primero se les quemó la casa…
Señora Solness *(con un suspiro).*— Sí. Todo lo *mío* ardió.
Hilde.— Y después vinieron cosas peores.
Señora Solness *(la mira asombrada).*— ¿Peores?
Hilde.— Lo peor.

Señora Solness.— ¿A qué se refiere?
Hilde *(en voz baja).*— Pues a que perdió a los niños.
Señora Solness.— Ah, ya. Pero eso fue distinto, al fin y al cabo era un designio más elevado. Y ante ese tipo de cosas hay que doblegarse. Y además dar gracias.
Hilde.— ¿Y usted lo hace?
Señora Solness.— No siempre, por desgracia. Sé perfectamente que es mi deber, pero aun así no siempre soy *capaz.*
Hilde.— Claro, claro, a mí me parece muy razonable.
Señora Solness.— Y, además, me tengo que repetir constantemente que, en realidad, el castigo fue justo…
Hilde.— ¿Por qué?
Señora Solness.— Porque no tuve la suficiente entereza en la desgracia.
Hilde.— Pero no entiendo que…
Señora Solness.— Ay, no, no, señorita Wangel… no me hable más de los niños. Por ellos no podemos sino alegrarnos. Porque ahora están muy bien… muy bien. No, lo que le parte a una el corazón son las *pequeñas* pérdidas de la vida. Perder todas esas cosas que para los demás apenas tienen importancia.
Hilde *(coloca los brazos sobre la rodilla de la señora Solness y alza la mirada hacia ella, cálida).*— Dulce señora Solness… ¡Explíqueme eso!
Señora Solness.— Ya se lo he dicho. Son solo cositas. Ardieron los viejos retratos de las paredes. Y los vestidos de seda, que habían pertenecido a la familia desde siempre. Y los encajes de la abuela y de mi madre… también ardieron. Por no hablar… ¡de las joyas! *(Apesadumbrada.)* Y luego todas las muñecas.
Hilde.— ¿Las muñecas?

Señora Solness *(ahogada por el llanto).—* Tenía nueve muñecas preciosas.

Hilde.— ¿Y también ardieron?

Señora Solness.— Todas. Y fue tan doloroso… tan doloroso…

Hilde.— ¿Y tenía todas esas muñecas guardadas? ¿Desde que era pequeña?

Señora Solness.— No las había guardado. Las muñecas y yo seguimos viviendo juntas, también después.

Hilde.— ¿Después de hacerse mayor?

Señora Solness.— Sí, mucho después.

Hilde.— ¿Y después de casarse también?

Señora Solness.— Claro que sí. Cuando él no me veía… Pero luego ardieron con la casa, las pobres. Nadie pensó en salvarlas. Ay, me pongo tan triste al pensarlo. En fin, no se ría de mí, señorita Wangel.

Hilde.— No me río, en absoluto.

Señora Solness.— Porque en cierto sentido estaban vivas. Yo las llevaba en el corazón. Como pequeños niños no nacidos.

(El doctor Herdal, con el sombrero en la mano, sale de la casa y ve a Hilde y a la señora Solness.)

Doctor Herdal.— Vaya, señora, ¿está aquí fuera cogiéndose un resfriado?

Señora Solness.— Me parece que hoy hace muy buen día, y mucho calor.

Doctor Herdal.— Está bien. Pero ¿pasa algo en la casa? He recibido un mensaje suyo.

Señora Solness *(se levanta).—* Sí, tengo que hablarle.

Doctor Herdal Bien, pues quizá sea mejor entrar. *(A Hilde.)* ¿Hoy también lleva el uniforme alpino, señorita?

Hilde *(se levanta alegremente).—* ¡Claro! ¡Me he vestido de gala! Aunque no pienso subir a la cima ni partirme la crisma. Hoy nosotros dos nos quedamos abajo, doctor, mirando tranquilamente.
Doctor Herdal.— ¿Qué vamos a ver?
Señora Solness *(en voz baja, mira aterrorizada a Hilde).—* ¡Calle, calle, en nombre de Dios! ¡Que ahí viene! Quítele esa idea de la cabeza. Y seamos amigas, señorita Wangel. ¿No podría ser?
Hilde *(se lanza a su cuello, vehemente).—* Ay, si pudiéramos…
Señora Solness *(se desembaraza de ella con delicadeza).—* ¡Bueno, bueno! ¡Ahí viene, doctor! Permítame unas palabras.
Doctor Herdal.— ¿Se trata de *él*?
Señora Solness.— Desde luego que se trata de *él*. Entre, por favor.

(Ella y el doctor entran en la casa.)
(Al momento, el constructor Solness sube por las escaleras desde el jardín. El rostro de Hilde adquiere una expresión seria.)

Solness *(mira hacia la puerta de la casa, que se cierra delicadamente desde dentro).—* ¿Lo ha notado, Hilde? En cuanto aparezco, se va.
Hilde.— He notado que en cuanto aparece usted, *hace* que se vaya.
Solness.— Quizá. Pero no puedo evitarlo. *(La mira atentamente.)* ¿Tiene frío, Hilde? Da la sensación de que sí.
Hilde.— Acabo de salir de un sepulcro.
Solness.— ¿Qué significa *eso*?
Hilde.— Que se me ha metido el frío en el cuerpo, constructor.

Solness *(despacio).*— Creo que la entiendo…
Hilde.— ¿A qué viene usted ahora?
Solness.— La he visto desde ahí abajo.
Hilde.— Pero entonces la vería también a ella, ¿no?
Solness.— Sabía que se iría en cuanto llegara.
Hilde.— ¿Le duele mucho que ella le evite así?
Solness.— Hasta cierto punto también es un alivio.
Hilde.— ¿No tenerla delante?
Solness.— Sí.
Hilde.— ¿No tener que ver lo mal que lleva lo de los pequeños?
Solness.— Sí, sobre todo eso. *(Hilde camina por la terraza con las manos a la espalda, se sitúa junto a la barandilla y contempla el jardín. Solness continúa tras una breve pausa.)* ¿Llevan mucho rato hablando?

(Hilde permanece inmóvil y no responde.)

Solness.— Mucho rato, le pregunto.

(Hilde sigue callada.)

Solness.— ¿De qué le ha hablado, Hilde?

(Hilde sigue en silencio.)

Solness.— ¡Pobre Aline! Supongo que le habrá hablado de los pequeños.

(Un temblor nervioso recorre a Hilde; luego asiente rápidamente con la cabeza un par de veces.)

Solness.— Nunca lo superará. Nunca en la vida. *(Se acerca a ella.)* Ya está otra vez como un pasmarote, Hilde, ayer por la noche le pasó lo mismo.
Hilde *(se gira y lo mira con ojos grandes y serios).*— Quiero marcharme.

SOLNESS *(enojado)*.— ¡Marcharse!
HILDE.— Sí.
SOLNESS.— Se lo prohíbo.
HILDE.— ¿Y qué puedo hacer aquí ya?
SOLNESS.— ¡Simplemente estar aquí, Hilde!
HILDE *(baja la mirada)*.— Ya, gracias. Pero no creo que fuera a quedar en eso.
SOLNESS *(sin pensárselo)*.— ¡Tanto mejor!
HILDE *(vehemente)*.— ¡No puedo hacerle nada malo a una persona que conozco! No puedo quitarle lo que es suyo.
SOLNESS.— ¡Y quién dice que vaya a hacerlo!
HILDE *(continúa igual)*.— ¡A una desconocida, sí! ¡Eso es completamente distinto! Alguien a quien no he visto nunca… ¡Pero cuando me he acercado a la persona…! ¡Que no! ¡Que no! ¡Puaj!
SOLNESS.— ¡Pero tampoco le he pedido que lo haga!
HILDE.— Ay, constructor, creo que sabe usted perfectamente cómo acabarían las cosas. Por eso me marcho.
SOLNESS.— ¿Y qué será de mí cuando se marche? No me quedará nada por lo que vivir, cuando se vaya.
HILDE *(con una expresión indefinible en la mirada)*.— No creo que tenga ningún problema. Al fin y al cabo tiene sus deberes para con ella. Viva por esos deberes.
SOLNESS.— Demasiado tarde. Estas fuerzas… estos… estos…
HILDE.— …demonios…
SOLNESS.— ¡Sí, los demonios! Y también el *troll* que llevo dentro. Le han chupado a Aline la sangre de la vida. *(Se ríe desesperadamente.)* ¡Lo hicieron por mi felicidad! ¡Que sí, que sí! *(Apesadumbrado.)* Y ahora está muerta… por mi culpa. Y yo encadenado a ella en vida. *(Con un miedo salvaje.)* ¡Yo… yo que no puedo vivir sin alegría!

(Hilde rodea la mesa y se sienta sobre el banco, apoya los codos sobre la mesa y la cabeza en las manos.)

HILDE *(se queda un rato mirándolo).—* ¿Y qué será lo próximo que construya?

SOLNESS *(niega con la cabeza).—* No creo que construya mucho más.

HILDE.— ¿No construirá felices y acogedores hogares para la madre y el padre? ¿Y para los hijos?

SOLNESS.— Quién sabe, tal vez a partir de ahora no hagan falta esas cosas.

HILDE.— ¡Pobre constructor! Usted que en los últimos diez años… solo ha puesto su alma en eso.

SOLNESS.— Su razón lleva, Hilde.

HILDE *(estallando).—* ¡Ay, me parece tan estúpido, tan estúpido… todo el asunto!

SOLNESS.— ¿Qué asunto?

HILDE.— No atreverse a agarrar la felicidad propia. ¡La vida propia! ¡Solo porque se interponga alguien a quien se conoce!

SOLNESS.— Alguien a quien no se tiene derecho a dejar atrás.

HILDE.— Quién sabe, quizá en el fondo se tenga derecho a hacerlo. Pero aun así… ¡Ay! ¡Quién fuera capaz de dormir y olvidarlo todo!

(Estira los brazos sobre la mesa, apoya el lado izquierdo de la cabeza sobre las manos y cierra los ojos.)

SOLNESS *(gira la tumbona y se sienta junto a la mesa).—* ¿Tenía usted un hogar acogedor y feliz… allí arriba, en casa de su padre, Hilde?

Hilde *(inmóvil, responde como medio dormida).*— No tenía más que una jaula.

Solness.— ¿Y por nada del mundo quiere volver a ella?

Hilde *(igual que antes).*— El pájaro del bosque no querrá nunca volver a la jaula.

Solness.— Mejor cazar en libertad…

Hilde *(todavía como antes).*— El ave rapaz prefiere cazar…

Solness *(descansa la mirada sobre ella).*— Quién tuviera en esta vida la furia de los vikingos…

Hilde *(con la voz normal, abre los ojos, pero no se mueve).*— ¿Y lo otro? ¡Diga lo que era!

Solness.— Un conciencia robusta.

(Hilde se reanima y se incorpora en el banco. Sus ojos vuelven a tener la expresión alegre y resplandeciente.)

Hilde *(asiente hacia él).*— ¡Ya sé qué será lo próximo que construya!

Solness.— Entonces sabe usted más que yo, Hilde.

Hilde.— Sí, como los constructores son tan tontos…

Solness.— ¿Y qué va a ser?

Hilde *(vuelve a asentir).*— El castillo.

Solness.— ¿Qué castillo?

Hilde.— Mi castillo, por supuesto.

Solness.— ¿Ahora quiere un castillo?

Hilde.— ¿Acaso no me debe usted un reino?

Solness.— Sí, ya se lo oigo decir.

Hilde.— En fin. Entonces me debe usted el reino. ¡Y a un reino le corresponde un castillo, digo yo!

Solness *(cada vez más animado).*— Sí, por lo general suele ser así.

Hilde.— Bien, ¡pues entonces constrúyamelo! ¡Enseguida!

Solness *(se ríe).*— ¿Quiere usted decir así, ahora mismo, en este mismo instante?

HILDE.— ¡Que sí! Porque ya han pasado… los diez años. Y ya no quiero esperar más. Así que… ¡Vaya entregando el castillo, constructor!
SOLNESS.— No es nada fácil deberle algo a usted, Hilde.
HILDE.— Eso debería haberlo pensado antes. Ya es demasiado tarde. Así que… *(Aporreando la mesa.)* ¡El castillo sobre la mesa! ¡El castillo es *mío*! ¡Lo quiero enseguida!
SOLNESS *(más serio, se inclina hacia ella, con los brazos sobre la mesa).*— ¿Cómo tiene pensado que sea el castillo, Hilde?

(Poco a poco la mirada de Hilde se va velando. Es como si mirara fijamente hacia su interior.)

HILDE *(despacio).*— Mi castillo estará sobre un alto. Sobre un alto altísimo. Y tendrá vistas a los cuatro vientos. Para que pueda mirar a lo lejos… muy lejos.
SOLNESS.— Y tendrá una gran torre, ¿no?
HILDE.— Una torre altísima. Y sobre la punta de la torre, una terraza. Y en la terraza, estaré yo…
SOLNESS *(sin querer, se lleva la mano a la frente).*— ¿Cómo puede disfrutar a una altura tan vertiginosa…?
HILDE.— ¡Que sí! Estaré justamente en lo alto y me dedicaré a mirar a los demás… a los que construyen iglesias. Y hogares para la madre, el padre y los hijos. Y dejaré que suba *usted* para verlo.
SOLNESS *(en tono mitigado).*— ¿Se permitirá al constructor subir con la princesa?
HILDE.— Si el constructor *quiere*…
SOLNESS *(en voz más baja).*— Entonces creo que el constructor irá.
HILDE *(asiente).*— El constructor… vendrá.

Solness.— Pero el pobre constructor… nunca volverá a construir.
Hilde *(animada).—* ¡Claro que sí! Lo haremos juntos. Y construiremos lo más delicioso… lo más delicioso que existe en todo el mundo.
Solness *(expectante).—* Hilde… ¡Dígame qué delicia es esa!
Hilde *(lo mira sonriente, sacude un poco la cabeza y le habla como si fuera un niño).—* Los constructores… son unas personas muy… muy tontas.
Solness.— Desde luego que lo son. ¡Pero dígame qué es! Lo más delicioso del mundo… Lo que vamos a construir juntos…
Hilde *(calla un poco y, con una expresión indefinible en la mirada, dice).—* Castillos en el aire.
Solness.— ¿Castillos en el aire?
Hilde *(asiente).—* ¡Castillos en el aire, sí! ¿Sabe usted lo que son los castillos en el aire?
Solness.— Son lo más delicioso del mundo, eso ha dicho usted.
Hilde *(se levanta con vehemencia y levanta la mano en señal de rechazo).—* ¡Exactamente eso, sí! En los castillos en el aire… es muy fácil guarecerse. Y además son fáciles de construir… *(Lo mira con desprecio.)* Sobre todo para los constructores que sufren de… vértigos de conciencia.
Solness *(se levanta).—* A partir de hoy, nosotros dos construiremos juntos, Hilde.
Hilde *(con una sonrisa medio de duda).—* ¿Un auténtico castillo en el aire?
Solness.— Sí, con sólidos cimientos.

(Ragnar Brovik sale de la casa. Trae una gran corona verde con flores y cintas de seda.)

HILDE *(estallando de alegría).—* ¡La corona! ¡Ay! ¡Esto va a ser delicioso! ¡Qué emocionante!
SOLNESS *(sorprendido).—* ¿La corona la trae *usted*, Ragnar?
RAGNAR.— Se lo había prometido al capataz.
SOLNESS *(aliviado).—* En fin, entonces será que su padre está mejor, ¿no?
RAGNAR.— No.
SOLNESS.— ¿No se animó con eso que le escribí?
RAGNAR.— Llegó demasiado tarde.
SOLNESS.— ¡Demasiado tarde!
RAGNAR.— Cuando ella lo trajo, mi padre ya estaba inconsciente. Había sufrido un ataque.
SOLNESS.— ¡Pues vuelva a casa con él, hombre! ¡Atienda a su padre!
RAGNAR.— Él ya no me necesita.
SOLNESS.— Pero usted sí que necesitará estar a su lado, ¿no?
RAGNAR.— *Ella* está junto a su cabecera.
SOLNESS *(con cierta inseguridad).—* ¿Kaia?
RAGNAR *(lo mira sombríamente).—* Sí… Kaia, sí.
SOLNESS.— Váyase a casa, Ragnar. Con él y con ella. Déme *a mí* la corona.
RAGNAR *(reprime una sonrisa de desprecio).—* ¿Supongo que no pretenderá subirla usted mismo?
SOLNESS.— Yo mismo la llevaré hasta abajo, yo mismo. *(Le quita la corona.)* Y ahora váyase a casa. Hoy aquí no le necesitamos.
RAGNAR.— Ya sé que a partir de ahora no me necesitarán. Pero hoy me quedo.
SOLNESS.— En fin, pues quédese, si se empeña…
HILDE *(junto a la barandilla).—* Constructor… yo le miraré desde aquí.
SOLNESS.— ¡¿A mí?!
HILDE.— Va a ser tremendo, qué emocionante.

SOLNESS *(bajando la voz).—* Ya hablaremos de eso, Hilde.

(Se lleva la corona escaleras abajo y atraviesa el jardín.)

HILDE *(lo sigue con la mirada, después se vuelve hacia Ragnar).—* Por lo menos podía haberle dado las gracias, digo yo.

RAGNAR.— ¿Darle las gracias? ¿Que debería haberle dado las gracias?

HILDE.— ¡Desde luego que sí!

RAGNAR.— Más bien debería dárselas a *usted*, me imagino.

HILDE.— ¿Cómo puede decir eso?

RAGNAR *(sin responderle).—* ¡Tenga cuidado, señorita! Porque me parece que todavía no lo conoce muy bien.

HILDE *(ardorosa).—* ¡Oh, yo diría que lo conozco mejor que nadie!

RAGNAR *(ríe con amargura).—* ¡Que le dé las gracias al hombre que lleva años y años reprimiéndome! Al hombre que ha conseguido que mi padre dude de mí, que incluso yo dude… ¡Y con el único objetivo de…!

HILDE *(como intuyendo algo).—* ¿De qué…? ¡Dígamelo enseguida!

RAGNAR.— De retenerla junto a él.

HILDE *(dando un salto hacia él).—* ¡La señorita del pupitre!

RAGNAR.— Sí.

HILDE *(amenazándolo con el puño cerrado).—* ¡Eso no es verdad! ¡Está mintiendo!

RAGNAR.— Yo tampoco he querido creerlo... hasta hoy, cuando ella me lo ha contado.

HILDE *(como fuera de sí).—* ¿¡Qué le ha contado?! ¡Quiero saberlo! ¡Enseguida! ¡Enseguida!

RAGNAR.— Ha dicho que se ha apoderado de su alma… total y absolutamente. Que se ha apoderado de sus pensamientos. Dice que nunca podrá soltarlo. Que quiere quedarse aquí con él…

HILDE *(con los ojos resplandecientes).*— ¡Pues aquí no se puede quedar!

RAGNAR *(como explorándola).*— ¿Quién se lo impide?

HILDE *(apresuradamente).*— ¡*Él* también!

RAGNAR.— Ya veo… ahora lo entiendo todo perfectamente. A partir de ahora, ella no sería más que… una carga.

HILDE.— Usted no entiende nada… ¡Cuando es capaz de decir esas cosas! Pues no, ahora le voy a contar yo por qué la retenía.

RAGNAR.— ¿Por qué?

HILDE.— Para retenerlo a *usted.*

RAGNAR.— ¿Se lo ha dicho él?

HILDE.— ¡No, pero así es! ¡*Tiene* que ser así! *(Salvaje.)* Quiero… ¡*Quiero* que sea así!

RAGNAR.— Y justo cuando llegó usted… la liberó.

HILDE.— ¡A *usted*! ¡Fue a *usted* a quien liberó! Qué le importan a él las señoritas desconocidas como esa.

RAGNAR *(se lo piensa).*— ¿Me está diciendo que me tenía miedo?

HILDE.— ¿Miedo, *él*? No debería ser usted tan engreído, me parece.

RAGNAR.— Bueno, hace tiempo que debió de entender que yo también valgo… Aunque… *miedo*… eso es precisamente lo que le pasa, ¿verdad?

HILDE.— ¡Él! ¡Intente que me lo crea!

RAGNAR.— En cierto sentido sí que tiene miedo. Él, el gran constructor. Lo de quitarle a la gente la alegría de vivir… como hizo con mi padre y conmigo… *eso* no le da miedo. Pero subirse a un triste andamio… ¡Le suplicaría a Dios que se lo evitara!

HILDE.— ¡Oh, tendría que haber visto a qué altura… a qué vertiginosa altura lo vi yo una vez!
RAGNAR.— ¿Usted lo vio?
HILDE.— Claro que lo vi. ¡Libre y orgulloso colocó la corona en la veleta de la iglesia!
RAGNAR.— Sé que una vez en su vida se atrevió a hacerlo. Una sola vez. Los jóvenes lo hemos hablado muchas veces. Pero ninguna fuerza del universo conseguirá que lo repita.
HILDE.— ¡Hoy lo repetirá!
RAGNAR *(con desdén).*— ¡Crea usted lo que quiera!
HILDE.— ¡Ya lo veremos!
RAGNAR.— Eso no lo veremos ni usted ni yo.
HILDE *(con vehemencia incontrolada).*— ¡*Quiero* verlo! ¡*Quiero* y *tengo* que verlo!
RAGNAR.— Pero es que no lo va a hacer. Porque no se *atreve*, simple y llanamente. Porque resulta que es una tara que tiene… el gran constructor.

(La señora Solness sale de la casa.)

SEÑORA SOLNESS *(mirando a su alrededor).*— ¿No está aquí?
RAGNAR.— El constructor está ahí abajo con los obreros.
HILDE.— Ha bajado con la corona.
SEÑORA SOLNESS *(aterrada).*— ¡Ha bajado con la corona! ¡Dios mío! ¡Dios mío! Brovik… ¡Tiene que ir a buscarlo! ¡Consiga que vuelva aquí!
RAGNAR.— ¿Le digo que la señora quiere hablar con él?
SEÑORA SOLNESS.— Ay, sí, querido, hágalo… No, no… ¡Mejor no le diga que lo llamo *yo*! Dígale que ha llegado alguien y que tiene que venir enseguida.
RAGNAR.— De acuerdo. Así lo haré, señora.

(Baja las escaleras y cruza el jardín.)

Señora Solness.— Ay, señorita Wangel, no se puede imaginar el miedo que estoy pasando por mi marido.
Hilde.— ¿Pero esto es como para tener tanto miedo?
Señora Solness.— Ay, sí, compréndalo. ¡Imagínese que de verdad lo hace! ¡Que se le ocurre subirse al andamio!
Hilde *(expectante).*— ¿Cree usted que lo hará?
Señora Solness.— Ay, con él nunca se sabe. Sería capaz de cualquier cosa.
Hilde.— Vaya. ¿Así que usted también piensa que… es así…?
Señora Solness.— Bueno, la verdad es que ya no sé qué creer. Porque el médico me acaba de contar muchas cosas. Y cuando las sumo a otras que me ha dicho a mí…

(El doctor Herdal se asoma por la puerta.)

Doctor Herdal.— ¿No ha venido aún?
Señora Solness.— Sí, creo que ahora viene. Han ido a buscarlo, por lo menos.
Doctor Herdal *(más cerca).*— Pero debería usted entrar, señora…
Señora Solness.— Que no, que no. Que me quiero quedar aquí fuera esperando a Halvard.
Doctor Herdal.— Ya, pero es que han venido unas señoras a verla…
Señora Solness.— Dios mío, y encima eso…
Doctor Herdal.— Unas señoras que piden que por favor se les deje ver la ceremonia.
Señora Solness.— Está bien, pues entonces tendré que ir a recibirlas. Porque al fin y al cabo es mi deber.

HILDE.— ¿Y no les puede pedir a las señoras que se vayan o qué?
SEÑORA SOLNESS.— No, no puede ser, de ninguna manera. Una vez que han venido es mi deber atenderlas. Pero mientras tanto quédese usted aquí... y recíbalo cuando venga.
DOCTOR HERDAL.— Y procure retenerlo tanto como pueda...
SEÑORA SOLNESS.— Sí, eso, querida señorita Wangel. Sujételo tan fuerte como pueda.
HILDE.— Pero ¿no sería más correcto que lo hiciera usted?
SEÑORA SOLNESS.— Sí, por Dios... sería *mi* deber. Pero como se tienen deberes en tantos sentidos...
DOCTOR HERDAL *(mirando hacia el jardín)*.— ¡Ahí viene!
SEÑORA SOLNESS.— Fíjese... ¡Y yo que tengo que entrar!
DOCTOR HERDAL *(a Hilde)*.— No le diga que estoy aquí.
HILDE.— ¡Que no! Ya se me ocurrirá algo sobre lo que hablar con el constructor.
SEÑORA SOLNESS.— Y reténgalo, por Dios. Creo que es usted la más indicada para hacerlo.

(La señora Solness y el doctor Herdal entran en la casa. Hilde se queda en la terraza.)
(El constructor Solness sube por las escaleras desde el jardín.)

SOLNESS.— Me han dicho que me buscan.
HILDE.— Sí, le busco yo, constructor.
SOLNESS.— Ah, usted, Hilde. Tenía miedo de que fueran Aline y el doctor.
HILDE.— ¡Parece que es usted muy asustadizo!
SOLNESS.— ¿Eso piensa?
HILDE.— Sí, dice la gente que le da miedo andar escalando... así como por los andamios.

SOLNESS.— En fin, eso es otra cosa.
HILDE.— Pero miedo… sí que tiene, ¿no?
SOLNESS.— Sí que lo tengo.
HILDE.— ¿Miedo de caerse y partirse la crisma?
SOLNESS.— No, no es eso.
HILDE.— ¿Y entonces qué es?
SOLNESS.— Tengo miedo al castigo, Hilde.
HILDE.— ¿Al castigo? *(Sacude la cabeza.)* Eso no lo entiendo.
SOLNESS.— Siéntese, que le voy a contar una cosa.
HILDE.— ¡Sí, hágalo enseguida!

(Se sienta en un taburete junto a la barandilla y lo mira expectante.)

SOLNESS *(arroja su sombrero sobre la mesa).—* Como sabe, empecé construyendo iglesias.
HILDE *(asiente).—* Lo sé perfectamente.
SOLNESS.— Porque, verá, yo venía de una piadosa familia del campo. Así que, como es obvio, pensaba que lo de construir iglesias era lo más digno que podía escoger.
HILDE.— Ya, ya.
SOLNESS.— Y me atreveré a decir que construí aquellas humildes iglesias con un alma tan franca, tan cálida y entregada que… que…
HILDE.— ¿Que…? ¿Y bien?
SOLNESS.— Bueno, que pensaba que debía de haberlo contentado.
HILDE.— ¿Contentado? ¿A quién?
SOLNESS.— Pues a aquel para quien construía las iglesias, mujer. A aquel para cuya gloria y honor se erigen.
HILDE.— ¡Ah, ya! ¿Pero está usted seguro de… de que no estaba… así como… contento con usted?
SOLNESS *(con desdén).—* ¡¿*Él* contento *conmigo*?! ¿Cómo puede decir eso, Hilde? Si fue él quien permitió que

el *troll* que llevo dentro me manejara a su antojo. Fue él quien procuró que día y noche estuvieran a mis órdenes… todos estos… estos…
HILDE.— Demonios.
SOLNESS.— Sí, tanto los unos como los otros. Pues no, me dejó bien claro que no estaba contento conmigo. *(Con secretismo.)* Verá, por eso hizo arder la vieja casa, en realidad.
HILDE.— ¿Fue por eso?
SOLNESS.— Sí, ¿es que no lo entiende? Quería darme la oportunidad de llegar a ser un verdadero maestro en mi campo… para que construyera iglesias aún más gloriosas. Al principio no entendí lo que quería. Pero no tardé en caer en la cuenta.
HILDE.— ¿Cuándo fue eso?
SOLNESS.— Cuando construí el campanario allá arriba, en Lysanger.
HILDE.— Me lo imaginaba.
SOLNESS.— Porque, verá, Hilde, al estar tan lejos de casa, me dediqué a cavilar y elucubrar. Y entonces entendí por qué me había arrebatado a los niños. Lo hizo para que no me desconcentrara. Para privarme de cosas como el amor y la felicidad, ¿comprende? Yo tenía que ser constructor, constructor y nada más. Y tenía que consagrar mi vida a construirle iglesias. *(Se ríe.)* ¡Pero se quedó con las ganas!
HILDE.— ¿Y entonces qué hizo usted?
SOLNESS.— Empecé por examinarme a mí mismo, me puse a prueba…
HILDE.— ¿Y luego?
SOLNESS.— Luego hice lo *imposible*. Igual que él.
HILDE.— ¡Lo imposible!
SOLNESS.— Nunca antes había sido capaz de escalar alturas, pero aquel día lo hice.

HILDE *(se levanta de un salto).—* ¡Sí! ¡Sí que lo hizo!
SOLNESS*.—* Y cuando estaba ahí sobre la cima, colgando la corona de la veleta, le dije: «¡Escúchame bien, tú que todo lo puedes! A partir de ahora también yo seré un constructor libre. Libre en mi campo. Como tú en el tuyo. Nunca volveré a construir iglesias. Solo hogares para las personas».
HILDE *(con enormes ojos resplandecientes).—* ¡Ese fue el canto que oí en el aire!
SOLNESS*.—* Pero al final se salió con la suya.
HILDE*.—* ¿Qué quiere usted decir con eso?
SOLNESS *(la mira abatido).—* Lo de construir hogares para las personas, Hilde… no vale un céntimo.
HILDE*.—* ¿Y ahora me viene con esas?
SOLNESS*.—* Sí, porque ahora lo veo. Estos hogares no le sirven a la gente. Para ser felices, no. Y a mí tampoco me serviría un hogar así, si lo tuviera. *(Con una risa callada y amarga.)* Mire, este es el balance final, por muy atrás que me remonte. En realidad, no he construido nada. Y tampoco he sacrificado nada para poder construir. Nada, nada… todo.
HILDE*.—* ¿Y a partir de ahora nunca construirá nada nuevo?
SOLNESS *(animado).—* Claro que sí, ¡precisamente ahora es cuando voy a empezar!
HILDE*.—* ¿Qué va a construir? ¿Qué? ¡Dígamelo enseguida!
SOLNESS*.—* Lo único que, en mi opinión, puede albergar la felicidad humana… *eso* es lo que voy a construir.
HILDE *(lo mira firmemente).—* Constructor… se está refiriendo a nuestros castillos en el aire.
SOLNESS*.—* A los castillos en el aire, sí.
HILDE*.—* Me temo que le entraría vértigo antes de que hubiéramos llegado a la mitad.
SOLNESS*.—* No mientras pueda caminar de su mano, Hilde.

Hilde (*con una insinuación de enojo reprimido*).— ¿Solo conmigo? Pero ¿no compartiríamos el camino con más gente?
Solness.— ¿A quién se refiere?
Hilde.— Ah… pues a la tal Kaia, la del pupitre. Pobre… ¿No la invitará a ella también?
Solness.— Ya veo. Era de ella de quién le hablaba Aline, ¿no?
Hilde.— ¿Es así o no lo es?
Solness (*vehemente*).— ¡No pienso responderle eso! ¡Tendrá que creer ciegamente en mí!
Hilde.— Durante diez años he creído ciegamente en usted.
Solness.— ¡Y así seguirá siendo!
Hilde.— ¡Pues entonces déjeme verle libre en las alturas!
Solness (*con pesadumbre*).— Ay, Hilde… ese no es el tipo de cosas que hago yo en la vida cotidiana.
Hilde (*con apasionamiento*).— ¡Quiero verlo! ¡Quiero verlo! (*Suplicando.*) ¡Una única vez más, constructor! ¡Vuelva a hacer lo *imposible*!
Solness (*de pie, la mira profundamente*).— Si lo intento, Hilde, acabaré hablando con Él, como la última vez.
Hilde (*con excitación creciente*).— ¡¿Qué le dirá?!
Solness.— Le diré: «Escúchame, Señor Todopoderoso… tendrás que juzgarme como mejor te parezca. Pero a partir de ahora solo construiré lo más delicioso del mundo…».
Hilde (*arrebatada*).— ¡Eso, eso!
Solness.— …y lo construiré junto con la princesa a la que quiero…
Hilde.— ¡Sí! ¡Dígaselo así!
Solness.— Y luego le diré: «Ahora voy a bajar, voy a tomarla entre mis brazos y la besaré…».
Hilde.— ¡…muchas veces! ¡Dígalo!

SOLNESS.— ...muchas, muchas, veces, le diré.
HILDE.— ¿Y luego...?
SOLNESS.— Luego saludaré con el sombrero... bajaré a tierra... y haré como le he dicho.
HILDE *(con los brazos desplegados).—* ¡De nuevo le veo, como cuando había canto en el aire!
SOLNESS *(la mira con la cabeza gacha).—* ¿Cómo ha llegado usted a ser como es, Hilde?
HILDE.— ¿Cómo ha conseguido usted que sea como soy?
SOLNESS *(breve y firme).—* La princesa tendrá su castillo.
HILDE *(exultante, aplaudiendo con las manos).—* ¡Ay, constructor...! Mi castillo será delicioso, delicioso. ¡Nuestro castillo en el aire!
SOLNESS.— Con sólidos cimientos.

(En la calle se ha congregado la gente, aunque solo se la vislumbra entre los árboles. A lo lejos, detrás de la casa nueva, se escucha música de instrumentos de viento.)
(La señora Solness, con un cuello de piel en torno a la garganta, el doctor Herdal con su chal blanco en el brazo y unas señoras, salen a la terraza.
En ese momento, Ragnar Brovik sube desde el jardín.)

SEÑORA SOLNESS *(a Ragnar).—* ¿Incluso música va a haber?
RAGNAR.— Sí. La asociación de obreros de la construcción. *(A Solness.)* De parte del presidente, que ya está listo para subir la corona.
SOLNESS *(coge su sombrero).—* Bien. Ahora mismo bajo.
SEÑORA SOLNESS *(asustada).—* ¿Para qué, Halvard?
SOLNESS *(breve).—* Tengo que estar allí abajo con los hombres.
SEÑORA SOLNESS.— Sí, abajo, sí. Solo abajo.
SOLNESS.— Es lo que suelo hacer, ¿no? Así... en la vida cotidiana.

(Baja por las escaleras y cruza el jardín.)

SEÑORA SOLNESS *(le grita por encima de la barandilla).*— Pero, por favor, ¡pídele al hombre que tenga cuidado al subir! ¡Prométemelo, Halvard!

DOCTOR HERDAL *(a la señora Solness).*— ¿Ve lo que le decía? Ya no está pensando en esas locuras.

SEÑORA SOLNESS.— ¡Ay, qué alivio! Dos hombres se nos han caído ya. Y los dos se mataron en el acto. *(Se vuelve hacia Hilde.)* Muchas gracias, señorita Wangel, por retenerlo tan bien. Yo no hubiera sabido cómo hacerlo.

DOCTOR HERDAL *(burlón).*— Sí, señorita Wangel, ¡me parece que usted sabe como retener a alguien cuando quiere de verdad!

(La señora Solness y el doctor Herdal se acercan a las señoras, que están más cerca de las escaleras, mirando hacia el jardín. Hilde está junto a la barandilla, en primer término. Ragnar va hacia ella.)

RAGNAR *(reprimiendo la risa, a media voz).*— Señorita… ¿Ve a todos esos jóvenes abajo en la calle?

HILDE.— Sí.

RAGNAR.— Son los compañeros, que quieren ver al maestro.

HILDE.— ¿Y por qué quieren verlo?

RAGNAR.— Quieren ser testigos de que no se atreve a escalar su propia casa.

HILDE.— No me diga, ¡qué críos!

RAGNAR *(enojado y desdeñoso).*— Nos ha obligado a arrastrarnos tanto tiempo… Ahora quieren ver cómo se arrastra él.

HILDE.— Pues se van a quedar con las ganas.

RAGNAR *(sonríe).*— ¿Ah sí? ¿Y entonces cómo lo vamos a ver?

HILDE.— En lo alto… ¡Lo verán en lo alto, junto a la veleta!

RAGNAR *(se ríe)*.— ¡Él! ¡Crea usted lo que quiera!

HILDE.— Lo que *quiere él* es la cima. Así que ahí lo verá.

RAGNAR.— ¡*Querer*, quiere! Eso no lo dudo. Pero es que no *puede*, sencillamente. Empezaría a darle vueltas la cabeza mucho, mucho antes de que llegara a la mitad. ¡Tendría que bajar reptando sobre manos y rodillas!

DOCTOR HERDAL *(señala hacia allá)*.— ¡Miren! ¡El presidente está subiendo la escalera!

SEÑORA SOLNESS.— Y encima tiene que llevar la corona. ¡Ay, espero que tenga cuidado!

RAGNAR *(mira con incredulidad y grita)*.— ¡Pero si es…!

HILDE *(estallando en júbilo)*.— ¡Es el propio constructor!

SEÑORA SOLNESS *(chilla horrorizada)*.— ¡Sí, es Halvard! ¡Ay, Dios mío de mi vida…! ¡Halvard! ¡Halvard!

DOCTOR HERDAL— ¡Calle! ¡No le grite!

SEÑORA SOLNESS *(medio fuera de sí)*.— ¡Quiero ir con él! ¡Hacerle bajar!

DOCTOR HERDAL *(la sujeta)*.— ¡Todo el mundo quieto! ¡No hagan ruido!

HILDE *(inmóvil, sigue a Solness con los ojos)*.— Está subiendo. Cada vez más alto. ¡Siempre más alto! ¡Miren! ¡No hay más que verlo!

RAGNAR *(desalentado)*.— Ahora *tendrá* que retroceder. Otra cosa es imposible.

HILDE.— Está subiendo. Ya está casi arriba.

SEÑORA SOLNESS.— Ay, me muero del pánico. ¡No puedo verlo!

DOCTOR HERDAL— Pues entonces no mire.

HILDE.— ¡Ya está sobre las tablas más altas! ¡La cima!

DOCTOR HERDAL— ¡Que nadie se mueva! ¡¿Oyen?!

HILDE *(regocijándose con callada intensidad)*.— ¡Por fin! ¡Por fin! ¡De nuevo lo veo grande y libre!

Ragnar *(casi atónito).—* Pero si esto es…
Hilde.— Así es como lo he visto yo estos diez años. ¡Qué firme está! Aun así es tremendo, qué emocionante. ¡Mírelo! ¡Está colgando la corona del chapitel!
Ragnar.— Esto es como ver algo completamente imposible.
Hilde.— ¡Claro, es que *es* lo *imposible*, lo que está haciendo! *(Con una expresión indefinible en los ojos.)* ¿Ve usted a alguien junto a él?
Ragnar.— Está solo.
Hilde.— No, se está peleando con alguien.
Ragnar.— Se equivoca usted.
Hilde.— ¿Y tampoco oye el canto en el aire?
Ragnar.— Tiene que ser el viento en las copas de los árboles.
Hilde.— Yo oigo el canto. ¡Un canto imponente! *(Grita con júbilo y alegría salvajes.)* ¡Mire, mire! ¡Está saludando con el sombrero! ¡Nos está saludando a nosotros! ¡Venga, devuélvale el saludo! ¡Porque ya está todo cumplido! *(Arrebata al doctor el chal blanco y lo ondea y grita.)* ¡Viva el constructor Solness!
Doctor Herdal— ¡Calle! ¡Calle! ¡En nombre de Dios…!

(Las señoras de la terraza agitan sus pañuelos y los vítores son secundados desde la calle. De pronto se hace el silencio y la gente empieza a chillar horrorizada. Entre tablas y pedazos de madera, se ve un cuerpo humano precipitarse entre los árboles.)

Señora Solness y las señoras *(al mismo tiempo).—* ¡Se cae! ¡Se cae!

(La señora Solness se tambalea, cae impotente hacia atrás y es recogida por las otras entre chillidos y confusión.)
(La gente en la calle derriba la valla y se abalanza hacia el interior del jardín. También el doctor Herdal baja corriendo. Breve pausa.)

Hilde *(mira fijamente hacia arriba y dice, como petrificada).—* **Mi** constructor.

Ragnar *(se apoya tembloroso en la barandilla).—* Tiene que estar destrozado. Muerto en el acto.

Una de las señoras *(mientras conducen a la señora Solness hacia el interior de la casa).—* Baje corriendo con el doctor…

Ragnar.— Soy incapaz de mover un dedo…

Otra Señora.— ¡Pues llame a alguien!

Ragnar *(intenta gritar).—* ¿Cómo está? ¿Está vivo?

Una voz *(desde la parte baja del jardín).—* ¡El constructor Solness ha muerto!

Otras voces *(más cerca).—* Tiene el cráneo aplastado… Ha caído en la cantera.

Hilde *(se vuelve hacia Ragnar y dice calladamente).—* Ya no lo veo en lo alto.

Ragnar.— Qué horror. Así que al final no fue capaz.

Hilde *(como en un triunfo callado y desesperado).—* Pero llegó a la cima. Y oí arpas en el aire. *(Vuelve a ondear el chal y grita con salvaje intensidad.)* ¡Mi… **mi** constructor!

FIN

NOTA DE LA TRADUCTORA

En febrero de 2008 fui invitada a participar en un incipiente proyecto de investigación impulsado por el Instituto de Estudios Ibsenianos de la Universidad de Oslo, financiado por el Ministerio de Asuntos Exteriores noruego y patrocinado por NORLA (Norwegian Literatura Abroad). Cuatro traductoras literarias del noruego a diferentes lenguas (inglés, ruso, chino y español) recibimos el encargo de llevar a cabo una investigación sobre las traducciones de Ibsen disponibles en cada uno de nuestros idiomas. Este fue el comienzo de un proyecto que lleva en marcha desde entonces (se ha ampliado al árabe, al egipcio y al hindi), y cuyo primer resultado tangible es la retraducción de las dos obras que ahora presentamos.

La historia de las traducciones de Ibsen al castellano refleja en gran medida la convulsa historia reciente de nuestro país. Las primeras traducciones aparecen en España a finales del siglo XIX, todavía en vida del autor, y a comienzos del siglo XX Ibsen es publicado prolijamente por diferentes editoriales y revistas. Aunque todas las traducciones tempranas de la obra del dramaturgo se realizaron a través de segundas lenguas (francés y alemán, principalmente), y son de calidad variable, se aprecia en ellas el entusiasmo que el gran renovador del teatro moderno despertaba a principios de siglo. Esta efervescencia editorial culmina con la publicación, en torno a 1915, de la traducción de Pedro Pellicena de las obras completas, una traducción que, a pesar de ser secundaria (y por tanto algo lejana del original), goza del aplomo lingüístico que caracteriza a muchos intelectuales de su época. A partir de los años veinte, sin embargo, la sucesión de dictaduras y revoluciones, por no hablar de la guerra y sus trágicas consecuencias, entre ellas las «depuraciones» llevadas a cabo entre los intelectuales, abre un hiato en la publicación de Ibsen en España, solo interrumpido por la edición de Aguilar de los años cincuenta de una nueva traducción de las obras completas realizada por la noruega Else Wasteson. Por primera (y casi última) vez los castellanoparlantes pueden leer al gran autor del norte traducido directamente desde su lengua original. A partir de los años sesenta, en la estela de la apertura política, surge de nuevo un gran número de traducciones de Ibsen que, a pesar de no ser directas, son claro fruto de un renovado interés por la cultura en general y por este dramaturgo en particular, potenciado como es obvio por la recién adquirida posibilidad de acceso a gran número de obras. Estas traducciones de los sesenta y los setenta a menudo están vinculadas a gente del teatro y a montajes de las obras. Pero desde los años ochenta la atención prestada al dramaturgo decae, y varias de las últimas traducciones adolecen de las típicas prisas que impone el sistema de producción capitalista, también en la industria editorial. Dejando aparte la loable traducción de Alberto Adell, publicada por Alianza en los años ochenta y realizada directamente desde el noruego, varias de las últimas publicaciones son proyectos algo descuidados con traducciones llevadas a cabo a través del inglés.

Si la traducción literaria es, en general, una tarea difícil, la traducción de un clásico es una labor casi irrealizable. Conseguir transmitir a otra lengua el ritmo, la poesía, la fuerza y la enorme riqueza de matices de las obras de Ibsen constituye un verdadero desafío. Me atrevería a decir que ninguna traducción puede albergar en sí toda la riqueza del original y, en cierto sentido, aquel que realmente se interese por la obra de un clásico extranjero, tendrá que recurrir al mayor número de traducciones posible para hacerse una idea aproximada de la grandeza de la obra de origen. Dicho esto, no cabe duda de que unas traducciones son mejores que otras.

Por otro lado, Ibsen gozó en la segunda parte de su vida de una celebridad equiparable a la de las estrellas de cine en la actualidad. Con frecuencia, el interés por Ibsen ha estado mediado por su trascendencia política y social. Los escándalos que provocaron sus estrenos (y que siguen provocando en países en desarrollo como China o la India, donde en la actualidad está experimentando un verdadero renacimiento) tuvieron como consecuencia que se le prestara una enorme atención mediática que ha amenazado con hacer sombra a su altura literaria. Esto se refleja en las traducciones, donde a menudo se ha dado más importancia a la trama o la peripecia que al lenguaje en sí.

Las versiones de *Casa de muñecas* y *Solness, el constructor* que ahora se ponen a su disposición son fruto de una coyuntura muy particular. En primer lugar, he tenido la posibilidad de colaborar con otras seis traductoras que, durante este tiempo, han traducido las mismas obras a sus respectivos idiomas. La colaboración con ellas ha girado fundamentalmente en torno a la interpretación del texto (puesto que cada lengua de destino tiene su propia problemática) y es de esperar que esto haya enriquecido nuestra lectura y nos haya permitido detectar un mayor número de matices en el original. En segundo lugar hemos tenido a nuestra disposición una nueva edición de la obra completa de Ibsen publicada por la Universidad de Oslo en colaboración con la editorial Aschehoug (con motivo de la celebración, en 2006, del centenario de la muerte del autor), que cuenta con un extensísimo aparato crítico. Esto ha permitido, por ejemplo, que el doctor Rank por fin tenga sífilis, como en el original, y no tuberculosis como se ha venido malentendiendo. Por último, en estos años se nos ha brindado la oportunidad de participar en una buena cantidad de seminarios y congresos internacionales sobre Ibsen, además de tener encuentros con directores y de ver un gran número de montajes de las obras en diferentes países. Todo esto debería haber redundado en una mejor comprensión de la obra del gran noruego y en una cierta profundidad en nuestro conocimiento del mismo. La interpretación de un texto es siempre la clave de una buena traducción. Ahora bien, como creo que ninguna versión en otra lengua puede hacerse cargo de toda la riqueza del original, mi estrategia ha consistido en proponerme una serie de objetivos que pretenden ser mi aportación a la lectura de Ibsen en español.

En primer lugar he querido proporcionar una traducción altamente literal, puesto que las traducciones directas del noruego a nuestra lengua son muy escasas. En *Casa de muñecas* esto ha supuesto, por ejemplo, que el doctor Rank ha recuperado su lenguaje escatológico, a menudo mitigado en las traducciones, y que Torvald Helmer mantiene la dimensión esteticista de su forma de hablar, que con frecuencia ha derivado hacia una dimensión más bien ética en las traducciones al castellano. Este objetivo de la literalidad se ha visto a su vez moderado por las exigencias naturales de la dramaturgia, esto es, por la necesidad de producir un texto que pueda funcionar en escena, un texto oral. Por otro lado, he renunciado desde el principio a hacer *arqueología lingüística*, es decir, no he intentado reproducir el castellano del siglo XIX, puesto que ya contamos con traducciones antiguas, producidas en un tiempo cercano a la vida del autor. He procurado, en cambio, emplear un lenguaje neutro y, en la medida de lo posible, atemporal, que impida que la traducción envejezca demasiado rápido. A partir de estos presupuestos mis esfuerzos han ido orientados a reflejar la riqueza del texto original. He querido sacar a la luz la finura de la pluma del autor, proporcionando a cada personaje sus propias muletillas, sus propias maldiciones y los giros particulares en la expresión de cada uno, puesto que en noruego los tienen, sobre todo en *Solness, el constructor*, una de sus obras más maduras. He puesto esmero en respetar las palabras clave de las obras, manteniendo la evolución de las mismas a lo largo del texto, un detalle muy ibseniano. En ningún momento he pretendido «corregir» a Ibsen, ni imponer sobre su obra criterios estéticos propios de mi tiempo que él no haya compartido. Así, por ejemplo, Aline Solness repite una y otra vez que hace las cosas por «simple deber», y he evitado buscar sinónimos para esta frase machacona que caracteriza el personaje. Del mismo modo, cuando algún personaje dice algo particular, o se expresa de un modo extraño en noruego, he procurado que lo que diga en español sea también particular y extraño. He puesto mucho cuidado en no normalizar al autor. Finalmente he enfocado mi atención sobre el ritmo y también sobre los juegos de palabras a los que es tan dado el dramaturgo. Ibsen dijo en una ocasión que se tenía más por un poeta que por un renovador social. En la fase final del proceso, he contado además con los inapreciables consejos del dramaturgo Ignacio García May. El resultado de esta larga labor son las dos traducciones que ahora tienen entre sus manos.

Cristina Gómez Baggethun
Sevilla, octubre 2010

Índice

Prólogo 7

CASA DE MUÑECAS 21
    Acto primero 23
    Acto segundo 63
    Acto tercero 95

SOLNESS, EL CONSTRUCTOR 125
    Acto primero 127
    Acto segundo 167
    Acto tercero 203

Nota de la traductora 231

Esta edición de *Casa de muñecas & Solness, el constructor*, compuesta en tipos AGaramond 12/15 sobre papel offset Natural de Vilaseca de 90 grs, se acabó de imprimir en Salamanca el día 18 de ocubre de 2010, aniversario del nacimiento de Heinrich von Kleist